Bernard Klein

300 proverbes et expressions hérités du latin et du grec

Librio

Inédit

Introduction

Chaque mot a une histoire et l'histoire inspire souvent la formation des mots. C'est ainsi que dans notre langue de tous les jours, nous utilisons, parfois, des mots, des locutions, des expressions venues de l'Antiquité grecque et romaine. Ils ont parcouru les siècles, parfois sans trop de changement, parfois en prenant de nouveaux sens. Notre culture est ainsi formée d'héritages sans cesse transformés et réemployés. Cette culture dite longtemps « classique » est finalement encore très vivante : les expressions telles que « le nez de Cléopâtre », « riche comme Crésus » ou « *in vino veritas* » nous sont familières. Et qui n'a jamais employé les mots de « mégère » ou de « vandale » ? Et, au moins dans son enfance, qui n'a pas proféré la formule magique « abracadabra ! » ?

Dans le cadre de cet ouvrage, nous voudrions offrir au lecteur une petite *odyssée* dans le temps, afin de (re)découvrir l'Antiquité gréco-romaine à travers des expressions, des mots, des locutions et quelques citations, le plus souvent courantes, mais dont on a parfois oublié le sens originel. Il ne s'agira pas de faire de l'étymologie, mais de remonter aux sources, mythologiques, historiques ou littéraires de l'Antiquité. En somme, garder la mémoire et « rendre à César ce qui est à César », c'est-à-dire en revenir aux Grecs et aux Romains. Parfois aussi à tous ceux qu'ils ont fait rêver ou réfléchir, au Moyen Âge, à la Renaissance ou à l'époque classique.

Nous n'hésitons pas, ainsi, à « enfourcher Pégase » et nous espérons que ce petit livre sera une invitation, non à tomber « dans les bras de Morphée » – du moins pas tout de suite – mais à relire les auteurs anciens, et sans renvoyer cette lecture « aux calendes grecques »...

Nous formulons le vœu que chacun fasse sien le « *carpe diem* » du poète Horace, se laisse aller aux chimères du rêve et de l'imagination, sans oublier la clarté de la raison. Chacun se reliera ainsi par la mémoire à ces ancêtres de notre culture.

Le calendrier romain et notre temps

Et, avant de commencer notre voyage, rappelons-nous que, chaque jour, nous évoquons les dieux romains en prononçant les noms des mois et des jours.

Les noms des mois

Janvier : *Ianuarius*, le mois du dieu Janus, dieu au double visage, des passages et des portes.
Février : *Februarius*, le mois de Februus, la purification.
Mars : *Martius*, le mois de Mars, le dieu de la guerre, mais aussi dieu agraire ; jusqu'au milieu du IIe siècle av. J.-C., l'année romaine commençait en mars, qui correspondait au moment d'entrer en guerre.
Avril : *Aprilis*, peut-être le mois d'Apru, une forme étrusque de la déesse Aphrodite (Vénus pour les Romains).
Mai : *Maius*, peut-être le mois de Maia, fille de Faunus, incarnant le printemps.
Juin : *Junius*, le mois de Junon.
Juillet : *Julius*, le mois de Jules (César).
Août : *Augustus*, le mois d'Auguste.
Septembre : *September*, le 7e mois.
Octobre : *October*, le 8e mois.
Novembre : *November*, le 9e mois.
Décembre : *December*, le 10e mois.

Les noms des jours de la semaine

Lundi : le jour de la Lune.
Mardi : le jour de Mars.
Mercredi : le jour de Mercure.
Jeudi : le jour de Jupiter (*Iovis* en latin).
Vendredi : le jour de Vénus.
Samedi : le jour du shabbat (du latin tardif : *sambati dies*), comme en italien (*sabato*) ou en allemand (*Samstag*), mais encore le jour de Saturne, en anglais (*Saturday*).
Dimanche : le jour du Seigneur (dérivé de *dies dominicus*), comme en italien (*domenica*), mais encore le jour du Soleil, en anglais (*Sunday*) et en allemand (*Sonntag*).

A

abracadabra !

Formule magique au sens obscur... mais peut-être efficace !

Litt. La première mention de cette célébrissime formule magique se trouve chez un auteur romain, Quintus Serenus Sammonicus (début du IIIe siècle). Il écrivit un traité de médecine en vers, inspiré de Pline l'Ancien. Dans le passage concernant les soins à apporter à quelqu'un qui souffre d'une « hémitritée » (une fièvre demi-tierce), il recommande de porter une amulette comportant la formule « abracadabra ». Celle-ci est d'origine discutée et vient sans doute de l'araméen ou de l'hébreu. À cette époque, et depuis assez longtemps, médecine et magie étaient souvent confondues. Le poème de Sammonicus fut très lu au Moyen Âge, ce qui explique le succès de la formule.

acta est fabula

La pièce est jouée.

Hist. Selon Suétone, ce seraient les mots prononcés par l'empereur Auguste juste avant de mourir, par soulagement, ironie ou souhait d'être applaudi après un si long règne. La formule servait à signifier aux spectateurs que la pièce de théâtre était achevée. Elle est employée en français pour dire que quelque chose est définitivement accompli et qu'on ne peut plus revenir en arrière pour le modifier : aux autres de critiquer ou d'applaudir.

adonis, un

Un jeune homme de grande beauté.

Myth. Adonis est un dieu d'origine orientale que les Grecs intégrèrent dans leurs mythes. Pour la punir d'avoir négligé son culte, Aphrodite avait inspiré à Myrrha, la fille du roi de Chypre, un amour incestueux pour son père. La prenant pour une autre, le père passa quelques nuits avec elle. Lorsqu'il découvrit la vérité, il voulut la tuer, mais les dieux la sauvèrent en la changeant en arbre à myrrhe. Or Myrrha était enceinte de son père : son fils Adonis naquit ainsi de l'arbre qu'elle était devenue. Il était tellement beau que les déesses Aphrodite, la déesse du désir amoureux, et Perséphone, la déesse des enfers, s'éprirent de lui et se disputèrent à son propos : Zeus décida que les deux déesses se le partageraient pendant l'année, chacune une saison. Une autre légende raconte qu'Adonis fut tué par un sanglier : de son sang répandu à terre naquirent des roses, et des larmes d'Aphrodite, des anémones. On comprend qu'un tel dieu, lié à la beauté et à la victoire sur la mort ait eu tant de succès.

alea jacta est !

Le sort en est jeté !

Hist. Cette exclamation fut prononcée par César, en janvier 49 av. J.-C., au moment de franchir le Rubicon*. Après l'échec de plusieurs mois de négociations avec le sénat de Rome et avoir longuement hésité (selon sa propre version), il décida d'imposer par les armes ce qu'il estimait être son droit. Il déclenchait donc une guerre civile très risquée, car le Sénat s'appuyait sur son rival Pompée et semblait avoir l'avantage. C'est César qui finalement l'emporta. La formule, qui signifie plus précisément « que les dés soient jetés », s'emploie lorsque, après avoir hésité longuement, on s'en remet au sort en risquant le tout pour le tout.

aller (ou tomber) de Charybde en Scylla

S'écarter d'un danger pour en trouver un autre.

Myth. Charybde et Scylla sont deux monstres marins féminins. Charybde, fille de Poséidon et de Gaia, boit puis régurgite l'eau de mer trois fois par jour ; Scylla, dotée de douze pieds et de six têtes aux bouches garnies d'une triple rangée de dents, dévore les poissons mais aussi les marins des navires qui s'approchent trop près de sa grotte. On situe souvent ces deux dangers au

* Les astérisques (*) renvoient à d'autres entrées de l'ouvrage.

détroit de Messine, connu pour la violence de ses remous (Charybde) et de ses rochers (Scylla). Homère raconte dans l'*Odyssée* (XII, 251-259) comment Ulysse évite Charybde mais se dirige alors vers Scylla qui dévore quelques-uns de ses compagnons. L'expression elle-même vient du poète latin Horace.

amour lesbien, un

L'amour d'une femme pour une femme.

Hist. Si les Grecs ont beaucoup parlé de l'amour entre hommes, ou plus exactement de la pédérastie, c'est-à-dire l'amour d'un homme fait pour un jeune homme, ils évoquent peu celui des femmes entre elles. Il est vrai que la civilisation grecque est quelque peu misogyne... L'île de Lesbos vit naître Sapho (fin VIIe siècle – début du VIe siècle av. J.-C.). Elle fut une grande poétesse grecque, mais ses œuvres ne sont que très partiellement conservées. Après un temps d'exil en Sicile, elle revint dans sa patrie et anima un cercle de femmes et de jeunes filles. Dans l'un de ses poèmes, qui est un hymne à Aphrodite, elle demande à la déesse de la délivrer d'un amour malheureux pour une jeune fille. Dans un autre, en des termes très touchants, elle évoque les sentiments qui la brûlent à la seule vue d'une jeune fille qui passe. C'est l'un de ses collègues poètes de la fin du VIe siècle qui fut le premier à évoquer l'île de Lesbos comme celle de l'amour « lesbien », c'est-à-dire entre femmes, auquel on donne aussi le nom de « saphique », d'après celui de la poétesse.

amour platonique, un

Un amour qui a caractère purement idéal ou sentimental.

Litt. L'adjectif est formé d'après le nom du philosophe grec Platon. Ce rétrécissement d'une philosophie beaucoup plus ample à la sphère de l'amour n'est pas sans justification. Platon est le premier à avoir amplement développé une réflexion sur l'amour. Dans son *Banquet*, il fait parler Socrate qui explique ce qu'il a lui-même appris de la prêtresse Diotime. Tout homme doit honorer l'amour, qui est un désir d'immortalité, mais il y a plusieurs degrés successifs dans l'amour, depuis le désir physique jusqu'au degré suprême qui est l'amour du Bien. L'amour platonique est ainsi un amour de la sagesse. Dans le langage courant, cette dimension philosophique est quelque peu oubliée : est qualifiée de platonique une relation amoureuse sans rapports physiques, purement sentimentale. On inverse même l'idée de Platon, puisque l'on dit souvent qu'un amour « reste » platonique, suggérant par là qu'il lui manque quelque chose.

amphitryon, un

Hôte chez qui l'on dîne.

Myth., Litt. Amphitryon est le nom du roi de Tirynthe dont Zeus reprit les traits, pour séduire son épouse Alcmène qui, ainsi, le trompe involontairement. Le thème fut repris dans une comédie de Plaute, chez qui Jupiter (équivalent latin de Zeus) prend l'apparence d'Amphitryon, et Mercure celle de Sosie, le valet d'Amphitryon. Plaute inspira au XVIIe siècle Rotrou puis Molière. C'est ce dernier qui lui donne le sens actuel d'amphitryon : après une série de quiproquos, il fait dire à Sosie que le « véritable Amphitryon est l'Amphitryon où l'on dîne », c'est-à-dire Jupiter qui offre à dîner pour se faire pardonner.

aphrodisiaque, un

Un excitant aux plaisirs physiques de l'amour.

Hist. Le mot, dérivé d'Aphrodite, la mère d'Éros, est un hommage à la déesse grecque de l'amour, plus précisément celle qui suscite le désir amoureux. Aphrodite est née de l'écume (en grec : *aphros*) et de la semence d'Ouranos, puis se rendit à Cythère* ou bien à Chypre. Selon un autre mythe, elle est la fille de Zeus et de Dioné, le double féminin de Zeus. La dimension érotique du culte d'Aphrodite se développe surtout à l'époque hellénistique, sans doute sous l'influence orientale. Dans certains sanctuaires consacrés à Aphrodite, comme à Corinthe ou au sanctuaire d'Éryx en Sicile, se pratiquait la prostitution sacrée : des courtisanes y vendaient leurs charmes et c'était une source de revenus pour le sanctuaire. Les Anciens n'ignoraient pas les aphrodisiaques, sans leur donner précisément ce nom. Ainsi Pline l'Ancien (*Histoire naturelle*, XXXII, 139) en décrit quelques-uns qui nous semblent bien étranges : selon lui « la chair d'escargots de rivière, conservée dans du sel et administrée dans du vin », « le foie d'une grenouille attachée dans de la peau de grue » ou une « une molaire de crocodile attachée au bras » excitent le désir amoureux.

apollon, un

Un beau jeune homme.

Myth. Apollon est, chez les Grecs, un dieu archer qui envoie ou qui éloigne la peste, ou un dieu jouant de la lyre, donc un dieu de la musique et de l'inspiration poétique, ou encore un dieu de la lumière solaire. Il n'a donc rien à voir, *a priori**, avec la beauté ni avec l'amour inspiré par la beauté... Certes c'est un séducteur comme beaucoup d'autres dieux, mais si Apollon est associé à l'idée de beauté, c'est qu'il était représenté en jeune homme, sans barbe (contrairement aux autres dieux) et avec de longs cheveux bouclés. Il correspondait ainsi à l'idéal grec de la beauté masculine du jeune homme encore imberbe mais déjà athlétique, telle qu'elle se dégage par exemple des statues de jeunes hommes de l'époque archaïque, au sourire énigmatique (les *kouroi*).

Apollon du Belvédère

Un jeune homme beau comme une statue.

Hist. L'Apollon du Belvédère est une statue d'Apollon*, copie romaine d'une statue grecque du IVe siècle, qui fut retrouvée à Rome à la Renaissance. Exposée par le pape Jules II au palais du Belvédère au Vatican (actuel musée), elle est devenue aussi célèbre que le dieu lui-même, d'où l'expression un Apollon du Belvédère pour désigner un bel homme, courante en français depuis le XIXe siècle. L'expression a une légère teinte ironique puisque cette statue se laisse admirer par des milliers de visiteurs. Elle est utilisée souvent négativement : « Je ne suis pas un Apollon du Belvédère, mais... »

aréopage, un

Une assemblée de personnes illustres et très compétentes.

Hist. L'Aréopage était à Athènes le nom d'une colline (la colline d'Arès) puis celui du conseil qui s'y réunissait. Très important au temps de la royauté puis au moment où l'aristocratie dirigeait la Cité, il perdit de son pouvoir à l'époque classique quand Athènes devint une cité démocratique. Il n'avait alors que quelques compétences judiciaires en particulier dans le domaine religieux. Il gardait toutefois un certain prestige, car il était formé des anciens magistrats qui avaient dirigé la Cité. L'Aréopage subsistait au temps de l'Empire romain et avait retrouvé une certaine importance. Sa notoriété, qui explique son sens actuel, vient en fait du séjour à Athènes de l'apôtre chrétien Paul, dont la prédication suscitait une certaine agitation dans la ville. Selon les *Actes des Apôtres* (17, 16 et suiv.), il fut emmené par les philosophes athéniens devant l'Aréopage pour y exposer sa doctrine. Les chrétiens s'imaginèrent ensuite cet épisode comme une sorte de discussion savante entre Paul et les philosophes. En réalité, Paul fut sans aucun doute traîné devant l'Aréopage pour être jugé et il n'y avait probablement aucun philosophe dans le conseil. Cette vision fut encore renforcée du fait qu'un membre de l'Aréopage, Denys, se convertit au christianisme et fut ensuite confondu avec d'autres Denys, écrivains célèbres.

argent n'a pas d'odeur, l'

Peu importe la provenance de l'argent gagné, même si les moyens employés sont déshonorants ou honteux, voire malhonnêtes.

Hist. Vespasien (69-79) fut l'un des empereurs les plus aimés des Romains. On ne lui reprochait guère que son amour de l'argent, qui se traduisait notamment par l'alourdissement de la pression fiscale. Il est vrai que les caisses de l'État étaient vides à cause des dépenses « abracadabrantesques » de l'empereur Néron, à qui il avait succédé après une période de guerre civile. Selon Suétone (*Vespasien*, 23), son fils Titus lui reprocha un jour d'avoir imaginé une taxe sur l'urine, qui était recueillie par les teinturiers pour blanchir les tissus. Quand Vespasien eut touché les premiers revenus de cette taxe, il mit sous le nez de Titus une pièce et lui demanda si l'odeur le gênait. Comme Titus lui répondit que non, Vespasien lui dit : « Pourtant, elle sort de l'urine ! » À cause de cette anecdote, le nom de l'empereur fut donné aux premiers urinoirs publics aménagés à Paris au début du XIXe siècle, les « vespasiennes ».

ars longa, vita brevis
L'art est long, la vie est courte.

Litt. Cette citation, devenue proverbiale, est la traduction latine, à travers Sénèque, du premier aphorisme d'Hippocrate. Sénèque écrit au début de son traité *De la brièveté de la vie* (I, 1) que la plupart des hommes se plaignent d'une vie « qui délaisse les hommes, au moment où ils s'apprêtaient à vivre ». Même les plus illustres des hommes le déplorent, poursuit-il ; ainsi le « prince de la médecine », c'est-à-dire Hippocrate, s'est exclamé : « la vie est brève, l'art est long », et même Aristote se plaint que certains animaux vivent plus longtemps que les hommes. Ce n'est pas l'avis de Sénèque, pour qui la plupart des hommes perdent leur temps dans de vaines activités. En fait Hippocrate ne n'est pas plaint en soi de la brièveté de la vie : son aphorisme veut dire que la science et sa pratique (*ars*) réclament beaucoup de temps et que la durée d'une simple vie humaine ne suffit pas à les maîtriser parfaitement. On peut aussi le comprendre comme l'espoir qu'un savant prenne le relais d'un autre pour faire progresser le savoir.

asinus asinum fricat
L'âne frotte l'âne.

Litt. Ce proverbe latin est attesté seulement depuis le Moyen Âge, mais l'idée en était déjà contenue chez Varron, un savant romain de l'Antiquité qui, lui, s'en était pris aux mulets : « Ce sont deux mulets qui se chatouillent » (*mutuum muli scabunt* »). Tout comme les ânes « se frottent » mutuellement, c'est-à-dire, au sens figuré, « se flattent », ce proverbe s'applique à deux personnes qui se font réciproquement des éloges, en réalité excessifs, ridicules et sans grand fondement. Qui se ressemble s'assemble...

atlas, un
Un recueil de cartes géographiques.

Myth. Atlas était l'un des Titans et le gardien des colonnes qui soutiennent le ciel. Après la victoire des dieux olympiens sur les Titans, il fut condamné par Zeus à porter lui-même le ciel, que les Anciens se figuraient comme une sphère. Atlas ne fut délivré de cette tâche titanesque* qu'une seule fois, et seulement un court moment, par Hercule quand ce dernier était à la recherche des pommes des Hespérides. La figure d'Atlas portant le globe céleste fut représentée à partir du XVIe siècle sur les recueils de cartes, et on finit par leur donner son nom.

audentes fortuna juvat
La fortune sourit aux audacieux.

Litt. C'est un hémistiche de Virgile (*Énéide*, X, 284) passé en proverbe. Il est également employé sous des formes légèrement différentes par Ovide (*Fastes*, II, 781, et *Métamorphoses*, X, 586) chez qui la divinité (*deus*) accompagne la fortune. Il signifie que les hommes audacieux et entreprenants, à la guerre comme en amour, sont favorisés par la chance qui est le sens de « Fortune » chez les Romains. On peut l'utiliser comme une constatation, en cas de succès, ou une incitation à l'audace. Cette confiance en l'homme qui saisit sa chance fait penser à l'adage beaucoup plus récent : « Aide-toi et le Ciel t'aidera ».

ave Caesar, morituri te salutant
Salut César, ceux qui vont mourir te saluent.

Hist. Cette formule de salutation de l'empereur romain, contrairement à ce que l'on croit souvent, n'est pas celle que prononçaient habituellement les gladiateurs avant de combattre dans l'amphithéâtre, puisque les gladiateurs n'étaient pas tous destinés à mourir dans l'arène, loin de là : il n'y aurait eu aucun vainqueur au combat ! Et puis cela aurait coûté bien trop cher à celui qui offrait les jeux, fût-ce l'empereur... Enfin, le public romain aimait à faire gracier un gladiateur vaincu, s'il avait bien combattu. En fait, l'historien Suétone nous raconte que c'est au début d'un spectacle de combat naval sur un lac que les combattants saluèrent ainsi l'empereur Claude, lui donnant d'ailleurs le titre d'*imperator* (empereur) et non de César. Il aurait alors répondu : « peut-être pas ! ». Les combattants, estimant qu'il leur avait fait grâce, refusèrent alors tout bonnement de se battre. L'empereur eut le plus grand mal à les y obliger : il quitta sa place et courut autour du lac, alternant menaces et encouragements. L'anecdote ridiculisant l'empereur eut beaucoup de succès. De nos jours, on l'emploie quand on veut exprimer l'idée que l'on se résigne à un combat perdu d'avance, quel que soit le courage dont on peut faire preuve, en somme « aller à l'abattoir ».

avoir les yeux d'Argus

Avoir des yeux qui voient tout.

Myth. Argus, nom latinisé du grec Argos, était un berger particulièrement apte à la surveillance. En effet, il avait le corps entier recouvert d'yeux qui lui permettaient de tout voir, et, c'est encore mieux, tout le temps : pendant que la moitié de ses yeux dormait, l'autre moitié veillait... La déesse Héra lui confia la garde de Io, belle jeune fille transformée en vache, pour empêcher Zeus, éprise d'elle, de venir la retrouver. Agacé, Zeus finit par faire tuer Argus par Hermès, et Héra déposa ses yeux sur la queue du paon. Argus est encore présent en français dans l'expression « être coté à l'argus » : le nom d'Argus est d'abord devenu en français un homme qui voit tout, un espion puis un informateur, d'où le sens pris pour qualifier la presse, « qui voit tout » (ou qui le prétend), puis, en particulier, la presse automobile publiant les prix négociables des voitures d'occasion.

B

bacchanale, une
Une fête bruyante tournant à la débauche.

Hist., Myth. Le mot vient du latin *Bacchanalia* (toujours au pluriel), nom latin donné aux rites religieux célébrés en l'honneur du dieu Bacchus (*Bacchos*), assimilé à Dionysos. Les Bacchanales étaient secrètes et consistaient en des rites d'initiation, c'est-à-dire des mystères : ceux de Bacchus étaient nommés *orgiai* en grec, d'où le mot orgie. Or Bacchus-Dionysos était le dieu du vin et les mythes le concernant le montrent entouré d'un cortège de ménades (ou bacchantes) échevelées et délirantes. Son culte semblait inquiétant aux Romains un peu prudes, d'autant que les rites, accompagnés de musiques et de danses qui mimaient le mythe, réunissaient hommes et femmes, libres et esclaves, jeunes et vieux. C'est ainsi qu'éclata, en 186 av. J.-C., un scandale en Italie : les autorités romaines accusèrent les adeptes du culte de Bacchus des pires turpitudes, réelles ou imaginaires, et en firent exécuter un grand nombre. Depuis, le sens de Bacchanales et d'orgie a gardé le sens d'une fête débridée de tous les sens.

barbare, un
Un homme de civilisation inférieure, cruel, inhumain.

Hist. Chez les Grecs, tous ceux qui ne parlaient pas le grec étaient qualifiés de barbares. Le mot lui-même est une onomatopée (*bar-bar*) soulignant le caractère inintelligible des langues étrangères. Les Romains reprirent le mot et l'idée, même s'ils avaient longtemps passé eux-mêmes pour barbares aux yeux des Grecs. Les peuples barbares étaient donc tous ceux ne parlant ni le grec, ni le latin, et jugés ainsi comme étant de civilisation inférieure.

béotien, un

Nom propre devenu nom commun. Une personne peu cultivée aux goûts grossiers.

Hist. Les Béotiens sont les habitants de la Béotie en Grèce, dont la cité la plus connue est celle de Thèbes. Ils doivent leur réputation de lourdauds à leurs voisins, les Athéniens, qui se prenaient volontiers pour le sel de la terre. Ils passaient aussi pour avoir des mœurs simples et rustiques. Pourtant le mont Hélicon, l'une des retraites des Muses, est situé en Béotie et on compte parmi les Béotiens de grands poètes, tels Hésiode et Pindare, et même une grande poétesse, Corinne. Malgré cela, leur nom est resté attaché à cette réputation imméritée. L'expression « je ne suis qu'un béotien en cette matière » est employée en français pour dire que l'on n'est pas un expert dans un domaine particulier.

bis repetita placent

Les choses redemandées plaisent.

Litt. Cet aphorisme dérive d'un vers de l'*Art poétique* (v. 365) d'Horace. Il y compare la poésie à la peinture et y affirme que telle œuvre ne plaira qu'une fois, alors qu'une autre, même répétée dix fois, plaira toujours.

boîte de Pandore, une

Une source d'une infinité de malheurs et de catastrophes.

Myth. Pour se venger de Prométhée qui l'avait trompé, Zeus décida de punir les hommes qui vivaient heureux, sans travailler et sans connaître la maladie. Il décida donc de créer la première femme mortelle... Elle fut modelée dans de l'argile par Héphaïstos, et Athéna lui insuffla la vie. Elle fut pourvue par les autres dieux de tous les charmes possibles, d'où son nom de *Pandora*, « qui a tous les dons », mais Hermès lui apprit l'art du mensonge et la perfidie.

Pandore reçut aussi comme cadeau une jarre fermée (et non une boîte) contenant tous les maux que les hommes avaient ignorés jusqu'ici. Elle fut envoyée non à Prométhée (« le prévoyant »), mais à son frère Épiméthée (« celui qui pense après coup »), un vrai tête en l'air.

Malgré l'avertissement de son frère de refuser tout don de Zeus, Épiméthée, séduit par la belle Pandore, l'accueillit avec sa jarre et l'épousa. Elle ouvrit alors, par méchanceté, la jarre d'où s'échappèrent les souffrances et les maladies qui s'abattirent sur l'humanité. Seule l'espérance resta à l'intérieur, car, sur l'ordre de Zeus, elle en avait refermé le couvercle. Telle est la version d'Hésiode, et depuis Pandore est la figure de la femme créée pour le malheur des hommes.

Une autre version du mythe épargne davantage Pandore, mais les conséquences malheureuses sont presque les mêmes. Pandore aurait ouvert par inadvertance la jarre où étaient enfermés tous les biens et les joies, qui se seraient envolés vers l'Olympe, ainsi perdus pour les hommes. Et il ne leur resta plus que l'Espérance.

Plus tard, on ne parlait plus de la jarre de Pandore mais de sa boîte, probablement à cause de l'histoire de la boîte de Psyché : Psyché devait aller aux Enfers chercher une boîte enfermant la beauté de Perséphone et la ramener, mais surtout ne pas l'ouvrir. Sa curiosité prit le dessus et elle l'ouvrit : au lieu de la beauté, ce fut un sommeil de mort qui s'en échappa. Pandore, la perfide, et Psyché, la curieuse, ainsi réunies font penser à l'Ève de la Bible, elle aussi créée pour le malheur de l'humanité... En français, « ouvrir la boîte de Pandore » ne concerne plus la femme en tant que telle : c'est, par exemple, soulever un problème, une question qui fâche ou un secret de famille, qu'il aurait mieux valu laisser de côté.

bucolique

Champêtre, pastoral.

Litt. La poésie bucolique était un genre littéraire grec et romain. Sa dénomination vient du mot grec *boukolos* (bouvier), parce que les personnages mis en scène étaient souvent des bouviers ou des bergers, dans le cadre d'une campagne sauvage, mais idéalisée. En français, on qualifie un paysage de bucolique pour souligner son caractère naturel, paisible, vierge de toute construction humaine. La présence de vaches ou de moutons n'est plus une nécessité, car nous avons presque oublié le sens étymologique du mot.

C

carpe diem
Cueille le jour.

Litt. Ces deux mots sont tirés d'un court poème d'Horace (*Odes* I, XI, 8) et sont une invitation à profiter de chaque instant de la vie. Le poème, teinté de mélancolie, est consacré au temps qui fuit et à la mort qui approche. Il s'adresse à Leuconoé, dont le nom est celui d'une fille de Minyas qui, ayant préféré rester chez elle à filer la laine au lieu de participer aux fêtes du culte de Dionysos, le dieu du vin, en fut punie par ce dernier : elle et ses sœurs furent transformées en chauves-souris. Le poème s'achève ainsi : « Pendant que nous parlons, le temps envieux s'enfuit. Cueille le jour, et crois le moins possible au lendemain » (*Dum loquimur, fugerit inuida aetas : carpe diem, quam minimum credula postero*).

cerbère, un
Un gardien hargneux et inflexible.

Myth. Cerbère est le chien monstrueux, gardien de l'entrée des Enfers, la demeure d'Hadès. Doté de ses trois têtes (ou même cinquante selon d'autres versions) et d'une crinière de serpents, il était particulièrement redoutable et avait la charge d'empêcher les morts de ressortir des Enfers. Quelques rares héros, tel Orphée allant chercher son Eurydice, ont pu tromper sa vigilance et seul Hercule réussit à le capturer. On traite de « véritable cerbère » un gardien d'immeuble difficile à amadouer.

césar, un
Un empereur.

Hist. Le nom de Caesar, celui de Jules César (Caius Julius Caesar) fut porté par son fils adoptif, Auguste, qui fonda le régime impérial et la dynastie des Julio-Claudiens. Auguste et tous ses successeurs portèrent ce nom très prestigieux. Peu à peu, ce qui n'était qu'un nom de famille devint l'équivalent d'un titre. À partir de la dynastie des Flaviens, la titulature impériale commençait toujours par *Imperator Caesar* (Empereur César) suivi des noms personnels de l'empereur et du nom d'Auguste, lui aussi devenu un titre. César devint donc synonyme d'empereur en français comme en d'autres langues : en Allemagne empereur se dit *Kaiser* et en Russie *Tsar,* tous deux dérivés de *Caesar.*

chant des sirènes, le

Un pouvoir d'attraction irrésistible mais dangereux.

Myth. Chez Homère, les deux Sirènes vivaient sur une île proche de Charybde et Scylla. Elles avaient pour triste habitude d'attirer invinciblement, par leur chant mélodieux et séducteur, les marins qui, dirigeant leur navire vers elles, heurtaient des écueils, sombraient et y trouvaient la mort. Ulysse échappa à ce danger, averti par la magicienne Circé, en demandant à ses compagnons de se boucher les oreilles : lui-même les garda ouvertes mais il s'attacha au mât pour ne pas aller vers elles. Dans des récits postérieurs à Homère, les Sirènes étaient des monstres féminins, selon les uns mi-femmes mi-oiseaux, selon les autres mi-femmes mi-poissons. Plus tard, sans doute pour mieux accorder la beauté de leur voix à celle de leur corps, les Grecs en firent de belles femmes. En français, le chant des sirènes qualifie toujours leur pouvoir d'attraction, mais on en oublie parfois le caractère dangereux... On a ainsi appelé « sirène » les alarmes qui, en principe, avertissent d'un danger, contrairement à ce que faisaient les Sirènes de la mythologie.

cheval de Troie, un

Un piège qui introduit l'ennemi dans la place.

Myth. Le fameux stratagème imaginé par les Grecs pour prendre Troie n'est pas raconté dans l'*Iliade* mais évoqué dans l'*Odyssée* et dans l'*Énéide* de Virgile. Les Grecs, lassés d'assiéger Troie depuis dix ans, fabriquèrent un cheval de bois géant, y cachèrent une petite troupe de guerriers (dont Ulysse) et quittèrent la ville, abandonnant le cheval sur la plage et laissant à proximité l'un des leurs se faire passer pour un traître. Ce dernier persuada les Troyens que le cheval était une offrande à Athéna, et, que, s'il le faisait entrer dans Troie, leur ville serait éternellement imprenable. Malgré les avertissements de Laocoon (« *timeo Danaos**... »), les Troyens le crurent. L'ennemi était ainsi introduit dans la place. Troie fut prise. L'image du cheval de Troie est souvent utilisée pour dénoncer l'introduction dans un pays, de gens apparemment inoffensifs susceptibles d'être des ennemis, ou dans un contexte moins guerrier, accepter de recevoir dans une entreprise une équipe d'une entreprise concurrente... En informatique, un cheval de Troie désigne un programme (parfois un virus) caché dans un autre, introduit dans un ordinateur à l'insu de son utilisateur.

chimère, une

Une illusion, un fantasme, une création imaginaire.

Myth. La Chimère (du grec *Chimaira*) est, selon Hésiode, la fille de l'hydre de Lerne (un serpent à neuf têtes) et du lion de Némée, et la sœur de la Sphinx. Chez Homère, elle a un corps de chèvre avec une tête de lion et une queue de serpent, alors que chez Hésiode elle est un peu plus compliquée : elle a trois têtes (de lion, de serpent et de chèvre) et son corps se partage aussi entre ces trois animaux. La Chimère était particulièrement redoutable car elle vomissait des flammes et dévorait les hommes. Le héros Bellérophon, enfourché sur Pégase, réussit à la tuer. C'est finalement la forme de la Chimère qui a inspiré le sens du mot en français : ce monstre à la composition étrange semble sorti tout droit des cauchemars ou de l'imagination.

complexe d'Œdipe

Attachement excessif d'un fils pour sa mère, ou d'une fille pour son père.

Myth., Litt. L'inventeur de l'expression est Freud, le père de la psychanalyse, qui qualifiait ainsi l'attirance d'un fils pour sa mère, accompagné du désir de tuer son père. S'il choisit ce nom, c'est qu'Œdipe, l'un des personnages les plus célèbres de la mythologie grecque, épousa sa mère et tua son père. Cependant, il commit ces actes ni volontairement, ni par pulsion involontaire. Œdipe était victime de son destin et de la punition des dieux d'une faute commise par son père Laïos. Ce Laïos, roi de Thèbes, avait enlevé le fils de son hôte : le dieu Apollon l'avertit, pour le punir, que s'il avait un fils, celui-ci le tuerait. Or, il eut un fils avec son épouse Jocaste. Se souvenant de l'oracle, Laïos ordonna de l'abandonner dans la montagne après lui avoir transpercé les pieds avec un clou. Le nourrisson fut sauvé par un berger qui le confia au roi et à la reine de Corinthe. Ceux-ci lui donnèrent le nom d'Œdipe (en grec : « pieds enflés ») et, comme ils n'avaient pas d'enfants, l'adoptèrent aussitôt. Une fois jeune homme, comme on disait de lui qu'il était de naissance douteuse, il consulta l'oracle d'Apollon à Delphes qui lui donna comme réponse qu'il tuerait son père et épouserait sa mère. Effrayé, il décida de ne plus retourner à Corinthe pour empêcher, croyait-il, l'oracle de se réaliser. Un jour, il rencontra un voyageur, inconnu de lui, qui lui refusait le passage à un carrefour : ils se disputèrent et Œdipe le tua. C'était Laïos, son père par le sang. Il poursuivit alors son chemin et arriva plus tard à Thèbes, qui était alors victime de la Sphinx, ce fameux monstre qui tuait ceux qui ne pouvaient pas répondre à sa question.

Connais-toi toi-même !

Litt. C'est la traduction de la célèbre maxime grecque « *gnôthi seauton* ». Elle était inscrite sur le fronton du temple d'Apollon à Delphes. Sa traduction en latin est : « *nosce te ipsum* ». Platon l'évoque dans son *Charmide*. Le problème soulevé est la définition de la sagesse : il est nécessaire de bien connaître la nature de chaque chose. C'est pourquoi « le sage seul se connaîtra lui-même et sera seul capable de juger et ce qu'il sait et ce qu'il ne sait pas ».

coryphée, un

Litt. Chef ou personne qui se distingue dans une profession, une société, un parti, etc.
En grec, le mot *koruphaios* signifie « celui qui est au sommet ». C'était en particulier le titre donné au chef du chœur au théâtre.

cynique

Qui exprime brutalement et ouvertement des opinions anticonformistes ou contraires à la morale commune (substantif : le cynisme).

Hist., Litt. L'adjectif « cynique » vient de la latinisation du mot grec *kuôn*, qui signifie « chien ». C'est ainsi que l'on désignait l'une des écoles philosophiques grecques, l'école « cynique ». Selon les Anciens, ce nom un peu étrange viendrait du surnom de « chien » donné à son plus célèbre représentant, Diogène. L'autre origine possible vient du fait que le fondateur de l'école, Antisthène, enseignait dans un gymnase nommé le Cynosarge. Mais la première version est plus attrayante.

Diogène (IVe siècle av. J.-C.) s'était débarrassé de toutes les conventions humaines et vivait de manière bizarre : il logeait ainsi, à Athènes, dans un « tonneau » (en fait une jarre à vin). Diogène Laërce, un auteur de biographies des philosophes, raconte qu'un jour, au cours d'un repas, on avait jeté à Diogène des os à manger ; il se leva alors et alla uriner sur les convives. Ce comportement, de même qu'une certaine agressivité, explique sans doute son surnom de chien. On attribue à Diogène un grand nombre de gestes et de paroles frappantes, illustrant sa philosophie. Un jour Diogène entra dans une demeure magnifique, richement meublée, et son hôte lui interdit d'y cracher. Il se racla alors la gorge et cracha à la figure de son hôte en lui disant : « Je n'ai pas trouvé d'autre endroit convenable [pour cracher]. » Une autre fois, comme on lui avait demandé quel était son vin préféré, il répondit : « celui des autres ». Il fut aussi l'auteur d'une formule encore employée maintenant : « Ôte-toi de mon soleil* ». Le sens philosophique de cynique s'est un peu perdu dans le français courant : quelqu'un de cynique est à la fois brutal, immoral, sans scrupules et ne s'en cache pas.

D

debellare superbos

Dompter les orgueilleux.

Hist. Cette locution latine est la fin d'un vers de Virgile (*Énéide* VI, 853), qui commence par « *Parcere subjectis* » (épargner les vaincus). Dans ce passage, Anchise évoque à son fils Énée, venu le retrouver aux Enfers, l'avenir glorieux des Romains et de ses descendants. Il s'agit en quelque sorte du programme politique de Rome : être clémente à l'égard de ceux qui se soumettent et ne tolérer aucune résistance. Le vers, devenu proverbial, sert souvent à justifier ou à qualifier une politique impériale, mêlant conciliation et fermeté.

dédale, un

Un chemin ou un plan compliqué (synonyme de labyrinthe).

Myth. Dédale est le nom d'un inventeur légendaire ; le nom lui-même signifie en grec « habile artisan » (*daida los*) et on racontait que les statues qu'il créait pouvaient bouger toutes seules. C'est lui qui construisit en Crète pour le roi Minos le fameux labyrinthe dont personne ne pouvait trouver la sortie, un véritable « dédale », donc... Comme Minos l'empêchait de repartir, ainsi que son fils Icare, Dédale fabriqua des ailes faites de plumes collées à la cire. Icare ivre de pouvoir voler s'approcha trop près du soleil : la cire fondit, il tomba et se noya dans la mer. Dédale se vengea ensuite : Minos mourut ébouillanté dans une baignoire qu'il avait inventée.

delenda est Carthago !

Il faut détruire Carthage !

Hist. C'est par ces mots que Caton l'Ancien ou le Censeur (234-149 av. J.-C.) terminait tous ses discours au sénat de Rome quel qu'en fût le sujet. Pourquoi cette idée fixe ? Carthage avait été un danger mortel pour Rome soixante-dix ans plus tôt : le général carthaginois Hannibal avait alors porté la guerre en Italie en 218 av. J.-C. puis battu les Romains dans des batailles mémorables. Il avait fallu à Rome dix-sept années de guerre pour en venir à bout. Enfin victorieuse, Rome imposait à Carthage en 201 av. J.-C. un traité, aux clauses très sévères, qui en faisait une puissance mineure. Mais une cinquantaine d'années plus tard, Caton séjourna à Carthage, à l'occasion d'une mission diplomatique, et l'avait trouvée très, ou plutôt trop prospère : selon lui, Carthage constituait une menace à éliminer. D'autres Romains n'étaient pas de cet avis, mais il obtint gain de cause : Rome se prépara à la guerre, l'année même de la mort de Caton. Carthage fut prise et entièrement détruite par les Romains en 146 av. J.-C. Les historiens d'aujourd'hui, comme ceux de l'Antiquité, débattent toujours pour savoir si la menace que pouvait représenter Carthage pour Rome était réelle ou imaginaire, mais penchent plutôt pour la seconde hypothèse. La formule de Caton est encore utilisée à l'époque contemporaine quand on débat sur la nécessité d'une guerre préventive, par exemple contre l'Allemagne nazie en 1938 ou, actuellement, la question de la légitimité de la guerre des États-Unis contre l'Irak. Le problème est, bien sûr, de savoir si la menace est telle qu'elle justifie de faire la guerre sans avoir été attaqué. Caton est toujours d'actualité...

délices de Capoue (se laisser aller aux)
Préférer se reposer dans le luxe et les plaisirs plutôt que de se consacrer à la guerre ou aux affaires importantes.

Hist. Le grand général carthaginois Hannibal, après avoir battu à plates coutures les Romains lors de deux batailles rangées (Trasimène en 217 av. J.-C. puis Cannes en 216 av. J.-C.), renonça à prendre Rome, car la ville était bien fortifiée. En fait, il ne disposait pas d'assez de troupes pour l'assiéger efficacement et préféra détacher de l'alliance de Rome les peuples et les cités de l'Italie du Sud. Il y parvint partiellement : Capoue, la principale ville de la riche Campanie, se rallia à Hannibal, qui y séjourna longuement. Comme cette ville était célèbre pour sa richesse et son luxe, on accusa, injustement,

Hannibal de préférer les plaisirs à la guerre. Il est vrai que sa stratégie finit par échouer : Capoue fut reprise et durement châtiée par les Romains et Hannibal fut contraint de quitter l'Italie. Il finit par être battu en Afrique à la bataille de Zama, en 202 av. J.-C.

desinit in piscem
Cela finit en queue de poisson.

Litt. Cette locution latine est une adaptation d'un passage de l'*Art poétique* (v. 4) d'Horace, où il compare la mauvaise poésie au buste d'une belle femme qui se terminerait par une queue de poisson. Sans doute Horace n'aurait-il jamais été charmé par une sirène... Quoi qu'il en soit, la citation s'applique à tout ce qui paraît bien commencer et s'achève de manière décevante.

deus ex machina
Un dieu descendant au moyen d'une machine (au théâtre). Une solution miracle ; un coup de théâtre.

Hist. Dans le théâtre grec et latin, les dieux intervenaient souvent à un moment critique de la pièce, pour résoudre une situation inextricable et amener le dénouement. Ce dieu descendait forcément du ciel puisque les dieux séjournaient dans l'Olympe. Pour rendre l'effet plus spectaculaire, les Grecs et les Romains utilisaient une « machine », c'est-à-dire un système de grue à poulie, pour faire descendre l'acteur, le tout accompagné d'un grondement de tonnerre artificiel. Comme, parfois, cette apparition tournait à la « grosse ficelle » et privilégiait l'aspect spectaculaire, un *deus ex machina* finit par s'appliquer aussi à une solution peu vraisemblable.

divide et impera
Diviser pour régner.

Hist., Litt. Cette maxime politique n'a vraisemblablement d'antique que sa formulation en latin, qui a du reste plusieurs variantes (*divide ut imperes*). On en attribue souvent la paternité à Machiavel, le célèbre auteur italien de la Renaissance, qui écrivit *Le Prince* et un *Art de la guerre*. Elle peut s'appliquer à bon nombre de situations de l'Antiquité : par exemple, Philippe de Macédoine, qui profita et suscita des divisions intérieures des cités grecques au IVe siècle av. J.-C. pour asseoir sa domination sur la Grèce.

draconien

D'une excessive sévérité.

Hist. Dracon est un législateur qui reçut comme mission de rédiger les lois des Athéniens en 621 av. J.-C. pour mettre de l'ordre dans la Cité. Or, sous ses lois, presque tous les crimes et délits étaient punis de la peine de mort, ce qui explique sa réputation de sévérité. Pourtant cette rigueur « draconienne » était tout de même un progrès, puisque des lois écrites se substituaient à une justice coutumière contrôlée par l'aristocratie. La législation de Dracon était ensuite devenue légendaire pour les Athéniens eux-mêmes. On ne connaît d'ailleurs aucune loi de Dracon dans le détail, car elles furent toutes abrogées, sauf une, par Solon, au début du Ve siècle av. J.-C. Les lois de Dracon servirent finalement de repoussoir pour mieux mettre en valeur la législation postérieure, plus humaine. En français, on qualifie de draconiennes des mesures ou une législation très ou trop strictes.

E

égérie, une
Nom propre devenu commun : une inspiratrice et une conseillère.

Hist., *Myth.* Égérie était une divinité des eaux, à laquelle les Romains rendaient un culte au bois des Camènes, qui sont des nymphes d'une source qui se trouve près de la porte Capène au sud de la ville. Selon la légende que rapporte Tite-Live (*Histoire de Rome*, I, 19 et 21), le roi Numa Pompilius (715-673 av. J.-C.) se rendait dans ces lieux, la nuit, pour y converser avec Égérie, en compagnie des Camènes. Elle lui inspirait ses lois et l'art de la politique, du moins c'est ce qu'il faisait croire, nous dit Tite-Live, très incrédule. Ce roi pacifique passait, à Rome, pour avoir été le fondateur d'une grande partie de leurs institutions religieuses et aussi de leur calendrier. Depuis, une égérie est une inspiratrice, souvent secrète, des hommes politiques.

embarquer pour Cythère (s')
S'engager dans une relation amoureuse ou avoir un rendez-vous amoureux.

Myth. Cythère est une île située au sud du Péloponnèse. Selon l'un des mythes grecs, c'est là que la déesse Aphrodite, née de l'écume de mer (l'écume en grec : *aphros*), aurait abordé la première fois après sa naissance. C'est donc l'île de l'Amour : en cela elle concurrence l'île de Chypre qui revendique la même légende. L'embarquement pour Cythère, qui est aussi le titre d'un célèbre tableau de Watteau, est donc un délicieux départ, prometteur d'amour et de plaisirs amoureux.

endormir sur ses lauriers (s')
Se contenter d'un premier succès.

Hist., *Litt.* Le laurier était, en Grèce comme à Rome, une plante dont on tressait des couronnes, symboles de victoire. C'est ainsi que les généraux romains vainqueurs, ainsi que leurs soldats, étaient couronnés lors de la cérémonie du triomphe. En français, les lauriers sont toujours associés à l'idée de succès, y compris dans les examens puisque « lauréat » (en latin : *laureatus*) signifie couronné de lauriers. Le sens de l'expression en français signifie abandonner par négligence et paresse une chose bien commencée.

enfourcher Pégase
Se lancer dans des tirades lyriques et grandiloquentes.

Myth. Pégase est le cheval ailé qui naquit du sang de la Méduse*, tuée par Persée. Il fut principalement la monture de Bellérophon, un héros corinthien. Ce dernier, fils de Glaucos et petit-fils de Sisyphe*, fut l'hôte de Proitos, roi d'Argos. L'épouse du roi tomba amoureuse de Bellérophon, mais celui-ci la repoussa. Furieuse, elle l'accusa, auprès de son mari, d'avoir essayé de la séduire. Proitos l'envoya chez son beau-père, Iobatès, roi de Lycie, en lui demandant de tuer Bellérophon. Mais Iobatès préféra lui imposer une série d'épreuves qui, pensait-il, le feraient succomber : tuer la Chimère*, vaincre les guerriers Solymes et les redoutables Amazones*. Mais Bellérophon, à l'aide de Pégase, vint à bout de ces épreuves et se réconcilia avec le roi. Plus tard, il voulut monter jusqu'au ciel, grâce au cheval divin. Mais Pégase rua et le fit tomber. Les dieux le condamnèrent alors à une errance éternelle pour avoir voulu se montrer leur égal. Une autre légende raconte que Pégase fit naître d'un coup de sabot la fontaine Hippocrène, sur le mont Hélicon en Béotie : c'est là que les Muses venaient chercher leur inspiration. L'origine de l'expression, plutôt ironique, mêle sans doute les deux légendes : Pégase est lié à la création poétique et Bellérophon s'exalta au point de croire qu'il était possible de monter aux cieux.

épée de Damoclès, une
Une menace constante et imminente ; caractère précaire du bonheur.

Hist. Damoclès était un courtisan de Denys, le célèbre tyran de Syracuse (IVe siècle av. J.-C.). Cicéron nous raconte dans ses *Tusculanes* (V, 21) que Damoclès avait dit, par flatterie, que jamais un prince n'avait été aussi heureux que Denys, évoquant par là sa puissance, sa richesse et le luxe dans lequel il vivait. Denys lui proposa de prendre sa place : il le fit coucher sur un lit d'or et lui fit servir un repas somptueux. Damoclès, ravi, jouit avec joie de ces plaisirs, jusqu'à ce qu'il aperçût une épée nue accrochée au plafond, au-dessus de sa tête, ne tenant que par un mince crin de cheval. Cela lui coupa aussitôt l'appétit. Menacé d'une mort imminente, il supplia Denys de le laisser partir. Le tyran avait voulu lui montrer qu'exercer le pouvoir ne permettait pas de jouir du bonheur, tant il était gâché par la crainte d'une menace constante.

éphèbe, un

Dans un sens ironique, beau jeune homme un peu efféminé.

Hist. En Grèce, les éphèbes formaient la classe d'âge des garçons de 15 à 20 ans. À Athènes, le mot s'appliqua plus particulièrement aux jeunes hommes de 18 à 20 ans qui faisaient leur service militaire. Le mot finit par s'appliquer dans notre langage aux statues masculines représentant de jeunes hommes remarquables par leur beauté, si fréquentes dans la sculpture grecque (athlètes ou héros). Il est vrai que les hommes grecs, jeunes ou plus âgés, prenaient un soin tout particulier de leur beauté.

épicurien, un

Quelqu'un qui sait jouir des plaisirs que la vie lui offre.

Hist., Litt. Dès l'Antiquité, la philosophie d'Épicure fut mal comprise et réduite à une sorte d'invitation à jouir de tous les plaisirs. En réalité, sa doctrine est beaucoup plus austère que nous ne le croyons habituellement. Il est vrai qu'il estime que certains plaisirs, qu'il définit comme une absence de douleur, sont « naturels et nécessaires » et ne sont donc pas condamnables en soi (comme les plaisirs de la table ou de l'amour) mais, pour lui, le sage doit parvenir à l'ataraxie, l'absence de trouble. Si le mot signifie en principe disciple de la doctrine d'Épicure, son sens dans le langage courant est bien celui qui nous a été transmis par certains Romains, tel le poète

Horace qui se définit lui-même comme « un vrai cochon du troupeau d'Épicure » (*Épîtres*, I, IV, 16).

érotique

Qui a trait au désir et aux plaisirs amoureux.

Myth. Éros est, chez les Grecs, le dieu de l'amour, ou plutôt, de l'attraction de l'amour, c'est-à-dire du désir. Pour Hésiode, il est l'une des trois divinités primordiales avec Chaos et Gaia : Éros agit sur eux de manière qu'ils tirent ce qu'ils ont en eux, sans accouplement. Il est ensuite plutôt considéré comme le fils d'Aphrodite (Vénus et Cupidon pour les Romains) et il est celui qui rapproche irrésistiblement les êtres humains. Il existe beaucoup de mythes sur Éros, dont ceux que développe le philosophe Platon dans son *Banquet* qui est une succession d'éloges de l'Amour. L'un d'eux, qui eut beaucoup de succès, raconte que, primitivement, les êtres étaient de trois genres : mâles, femelles et androgynes (mâle et femelle), chacun pourvu de deux têtes, huit membres et deux sexes. Comme ces êtres doubles se mettent à vouloir grimper sur l'Olympe, Zeus les punit en les coupant en deux : il n'y a plus donc que des hommes et des femmes. Chaque homme et chaque femme ne sont donc que des moitiés de l'être primitif, en quête perpétuelle de son autre moitié. Les hommes poussés vers les femmes (et inversement) sont des moitiés d'androgynes, les hommes poussés vers les hommes sont des moitiés d'êtres mâles et les femmes poussées vers les femmes des moitiés d'êtres femelles. Mais il faut bien avouer que la plupart des philosophes se méfient de l'amour, qui est pour eux une passion, et, comme toute passion, dangereuse et aliénante. Éros est ainsi abandonné aux poètes, grecs comme latins, qui ne se privent pas de le célébrer sous toutes ses formes et dans tous ses effets, depuis les plaisirs voluptueux jusqu'à la passion tragique, car l'Amour est aussi cruel. C'est pourquoi Éros est représenté en petit garçon ailé, muni d'un arc, dont les flèches figurent le désir : ces flèches causent à la fois les plaisirs et les blessures de l'amour. En français, le sens de l'adjectif érotique s'est rétréci à la sphère du plaisir, mais il conserve tout de même l'idée du désir entre deux êtres, par opposition à « pornographique » qui en reste aux seules techniques du plaisir.

errare humanum est
L'erreur est humaine.

Litt. Cette maxime latine correspond à une idée déjà commune dans l'Antiquité. On la trouve ainsi exprimée chez Sophocle et chez Sénèque plusieurs siècles plus tard. Cela veut dire qu'il est dans la nature humaine de se tromper. Mais la maxime s'achève par « *in errore perseverare stultum* » : il est stupide de persévérer dans l'erreur. L'erreur est pardonnable, à condition, lorsque l'on s'en rend compte, de la corriger. La maxime fut ensuite christianisée et s'acheva par « *perseverare diabolicum* » : « persévérer (dans l'erreur) est diabolique ». Il s'agit, pour les chrétiens, des péchés.

être César ou rien
Ambitionner d'être le premier ou rien.

Hist. En latin « *Aut Caesar, aut nihil* », c'était la devise de César Borgia (1475-1507), le fils du pape Alexandre VI Borgia. Évêque à 17 ans puis cardinal à 18 ans, il abandonne la carrière ecclésiastique pour celle des armes et se constitue une principauté en Italie. Ses talents politiques et son réalisme sans scrupules en ont fait le modèle du *Prince* de Machiavel. Il prit visiblement son prénom au sérieux : non seulement celui-ci était alors synonyme d'empereur, mais il faisait directement référence à Jules César. Son père avait en effet le goût de l'Antiquité, puisqu'il avait nommé sa fille Lucrèce, célèbre femme de l'histoire romaine. César Borgia devint un prince puissant, craint et admiré, mais ne réussit pas à égaler son illustre modèle. Il fut en effet mis en prison par le successeur de son père, le pape Jules II et, une fois libre, mourut un peu plus tard en combattant.

être dans les bras de Morphée
Dormir profondément.

Myth. Morphée est le dieu grec des rêves, fils du Sommeil (*Hypnos*) et de la Nuit. Il faut bien avouer que rêver peut être ce qu'il y a de plus agréable dans le sommeil, quand il ne s'agit pas de cauchemars ! Chez les Grecs, les rêves sont des messages des dieux qu'on peut interpréter et que l'on va parfois susciter dans des sanctuaires d'Asclépios (en latin : Esculape), car le dieu suggérait par les rêves des remèdes aux malades qui venaient dormir dans son temple. Le nom de Morphée a la même racine que le mot grec *morphê* qui signifie forme, car les songes prennent la forme de personnages humains ou divins. Il était représenté avec une fleur de pavot à la main : or le pavot est la plante dont on tire l'opium et la morphine. On a donné à cette drogue puissante le nom de Morphée, car elle endort les douleurs.

être médusé

Être frappé de stupeur, être pétrifié.

Myth. La Méduse est, selon le poète grec Hésiode, l'une des trois Gorgones, des monstres féminins de l'Océan qui inspirent la terreur (en grec *gorgos* : effrayant). Méduse est « la reine », Sthéno « la puissante » et Euryale « celle qui erre au loin ». Le visage de Méduse était particulièrement terrifiant. Malgré ses traits peu engageants, elle séduisit tout de même Poséidon et rendit Athéna jalouse au point que cette dernière lui infligea un regard fixe comme la pierre. Ce défaut gênant devint son plus grand pouvoir, puisque quiconque la regardait se trouvait pétrifié, c'est-à-dire médusé... Comme Méduse était la seule mortelle des trois Gorgones, le héros Persée réussit à la tuer en lui coupant la tête, grâce à l'aide des dieux : Pluton (Hadès) lui fournit un casque qui rendait invisible, Hermès des ailes pour ses pieds, Athéna un miroir pour éviter de la regarder directement et les nymphes un sac pour y enfermer la tête, car, même coupée, elle restait dangereuse. Le nom de méduse fut donné au XVIIIe siècle à l'animal marin, dont les tentacules rappelaient la chevelure mêlée de serpents de la célèbre Gorgone. En français, être médusé a perdu un peu de force : il s'agit moins d'être paralysé par la terreur que d'être étonné.

être sous l'égide de...

Être sous la protection de...

Myth. L'égide est un bouclier recouvert de la peau de la chèvre (*aigis* en grec) Amalthée qui avait protégé et nourri Zeus. Cette égide est donc un attribut de la déesse guerrière Athéna, mais aussi de Zeus. Athéna y fit placer une tête de Gorgone (du grec *gorgos* : effrayant) dont la plus célèbre était Méduse* : la tête de ce monstre féminin était supposée inspirer la terreur. Le bouclier d'Athéna servait donc à terrifier ses ennemis et à protéger ceux qu'elle voulait favoriser. Se mettre sous l'égide de quelqu'un, c'est se mettre sous sa protection, bénéficier de sa puissance ou de son influence.

être sous les auspices de
Être sous la protection de...

Hist. À Rome, le pouvoir de commander aux citoyens (*imperium*) reposait sur le droit d'interroger Jupiter par les auspices. Les auspices étaient des signes donnés par Jupiter, sous la forme du vol des oiseaux : le signe était favorable s'ils venaient de la droite, défavorables s'ils venaient de la gauche (en latin : *sinister*, d'où « sinistre » en français). On pouvait aussi observer l'appétit des poulets : s'ils mangeaient avec appétit, le signe était favorable. Sous la République, ce droit d'auspices appartenait notamment aux consuls qui commandaient l'armée. Aucune décision politique ou militaire ne pouvait être prise, sans obtenir l'approbation de Jupiter par cette observation des auspices. Être sous les auspices d'un consul, cela voulait donc dire être sous son commandement.

Eurêka ! Eurêka !
J'ai trouvé ! J'ai trouvé !

Hist. Cette exclamation d'Archimède (vers 287-212 av. J.-C.), l'un des plus grands mathématiciens de l'Antiquité, exprime la joie d'un scientifique d'avoir trouvé la solution d'un problème. Selon Vitruve (*De l'architecture*, IX, introd., 9-10), Hiéron de Syracuse demanda au savant de démasquer la tricherie d'un artisan à qui il avait commandé une couronne en or : on le soupçonnait d'y avoir mêlé de l'argent afin de faire un gain supplémentaire. Alors qu'il se trouvait aux bains publics, Archimède découvrit la solution en entrant dans une baignoire : il s'aperçut, en effet, que le volume de son corps était égal au volume d'eau qui en débordait. Il fut tellement heureux de sa découverte, qu'il sortit aussitôt du bain et se précipita chez lui tout nu.

F

femme de César ne doit même pas être soupçonnée, la
Toute personnalité officielle doit être à l'abri du moindre soupçon.

Hist. Selon Plutarque, c'est la réponse que Jules César a faite lorsqu'on lui reprocha d'avoir répudié sa femme Pompéia, sans la moindre preuve d'une faute de sa part. C'était la conséquence du scandale causé par Clodius. Ce jeune noble s'était introduit, déguisé en femme, dans la maison de César, alors que son épouse y célébrait des rites secrets en l'honneur de la Bonne Déesse, rites qui excluaient rigoureusement toute présence masculine. Il fut découvert et expulsé, mais l'affaire fit grand bruit. Non seulement Clodius commettait ainsi un grave sacrilège, mais on raconta dans tout Rome qu'il avait voulu séduire Pompéia, avec ou sans son contentement. César surprit tout le monde : il ne poursuivit pas en justice Clodius, pourtant coupable, au moins de sacrilège, et semblait ainsi l'innocenter, mais il répudia sa femme, pourtant innocente. La justification donnée par César n'était sans doute qu'un prétexte hypocrite pour s'en débarrasser, mais sa réponse finit par devenir une sorte de maxime politique, pour dire que rien ne doit ternir la réputation d'un détenteur du pouvoir, même un simple soupçon.

fil d'Ariane
Un fil qui sert de guide dans une situation compliquée.

Myth. Le Minotaure, un monstre à tête de taureau et au corps d'homme, avait été enfermé par le roi de Crète Minos dans un labyrinthe construit par Dédale*. Les Athéniens étaient contraints par Minos de livrer chaque année au monstre sept jeunes gens et sept jeunes filles qu'il dévorait. Une année, Thésée, le fils du roi d'Athènes, trouva le moyen d'en faire partie afin de tuer le Minotaure. C'est seulement grâce au fil d'Ariane, la fille du roi Minos, évidemment tombée amoureuse de lui, qu'il put ressortir du labyrinthe.

fil des Parques, le
La durée de la vie humaine fixée par le destin.

Myth. Les Anciens imaginaient les Parques, nom latin des divinités de la destinée (les Moires chez les Grecs), comme trois vieilles femmes occupées à filer. La première tenait le rouet, la seconde tirait le fil et la troisième (la Mort ou l'Inflexible) le coupait, plus ou moins court. Le fil des Parques figurait la durée de chaque vie humaine, courte ou longue, selon le destin de chacun.

flèche du Parthe, la
Attaque verbale ironique ou hostile que l'on décoche à quelqu'un à la fin d'une conversation.

Hist. Les Parthes formèrent un royaume puissant, depuis l'Iran jusqu'à la Mésopotamie. Ils étaient les voisins de l'Empire romain à partir du Ier siècle av. J.-C. Ce fut l'un des rares peuples que les Romains ne réussirent jamais à vaincre définitivement et qui, de plus, leur infligèrent des défaites mémorables. Les Parthes étaient un peuple de cavaliers armés d'arcs et leur tactique décontenançait les Romains. En effet, lorsqu'un combat s'engageait, les Parthes faisaient rapidement mine de s'enfuir. Leurs adversaires pensaient alors que l'affaire était gagnée et se lançaient à leur poursuite. Bien imprudemment, car les Parthes, tout en continuant à galoper, leur décochaient des flèches tirées en arrière, par-dessus leur épaule, et massacraient ainsi bon nombre de leurs poursuivants. C'est pourquoi l'expression est utilisée en français lorsque l'on croit avoir eu le dessus dans une dispute ou un débat un peu animé et que son interlocuteur prend traîtreusement le dessus, tout à la fin, par une remarque cinglante, sans que l'on puisse répliquer.

franchir le Rubicon
Prendre une décision irréversible.

Hist. Le Rubicon était une petite rivière formant la limite entre l'Italie et la province de Gaule cisalpine (nord de l'Italie actuelle). Après sa conquête de la Gaule « chevelue », César entra en conflit avec le sénat de Rome. Après avoir hésité, il décida de s'imposer par la force. Franchir le Rubicon avec son armée signifiait qu'il se mettait dans l'illégalité et ne pouvait plus revenir en arrière. Il déclenchait ainsi la guerre civile. Aujourd'hui, franchir le Rubicon peut encore avoir le sens d'outrepasser une règle ou une loi.

furie

Une furie : femme emportée par la colère. La furie : colère, rage.

Myth. Les Furies sont l'équivalent romain des Érinyes grecques dont la vision évolua avec le temps. Filles de Gaia et du sang d'Ouranos, elles furent d'abord considérées comme des esprits divinisés qui punissent les crimes graves, comme les meurtres et les parjures. Elles étaient aussi les personnifications du remords chez les hommes. Selon Homère, elles châtiaient les offenses faites aux parents par leurs enfants. Elles sont ensuite placées aux Enfers où elles punissent ainsi les crimes jusqu'après la mort. Sous l'influence d'Eschyle, les Grecs se les représentaient en femmes échevelées, brandissant des serpents, des fouets ou bien des torches, poursuivant les coupables avec une rapidité foudroyante. Malgré ces aspects peu engageants, les Érinyes étaient aussi appelées les Euménides (les « très bonnes ») et, sous ce nom, recevaient un culte car elles étaient les garantes de la morale et du respect des lois. Les Furies étaient trois, et la plus connue était Mégère*. Le français n'a pas conservé l'idée de divinités garantissant le bon ordre moral, pour ne retenir que l'image de ces femmes poursuivant follement de leur colère, non plus un criminel, mais une victime...

H

Hannibal ad portas !

Hannibal est aux portes (de Rome) : indique un danger pressant.

Hist. Ce cri d'alarme se réfère à la panique éprouvée par les Romains, lorsque leur ennemi Hannibal lança une attaque surprise sur Rome en 211 av. J.-C., alors qu'on le croyait occupé à se battre autour de Capoue. L'expression se retrouve chez Cicéron (*De finibus*, IV, 22), où elle exprime l'idée d'un danger pressant. Il emploie également cette image en 43 av. J.-C., lorsqu'il s'attaque, dans ses *Philippiques**, à Antoine, qu'il compare à Hannibal en employant cette image. Chez les Romains, Hannibal était devenu une sorte de croquemitaine pour les enfants et l'expression pourrait se traduire, par « le loup est là » !

harpie, une

Une femme méchante.

Myth. Les Harpies (ou Harpyes), représentées comme des oiseaux au visage humain, ont d'abord été pour les Grecs les messagères des divinités infernales. Puis elles sont devenues les pourvoyeuses de l'Enfer où elles emmènent les mortels qu'elles ont enlevés. Elles sont en particulier au service des Furies* (Érinyes) dont elles finissent par partager la méchanceté. Être poursuivi par une harpie n'est donc jamais bon signe...

hermaphrodite, un

Androgyne. Animal ou plante avec des organes sexuels mâles et femelles.

Myth. Hermaphrodite tient son nom de ses deux parents réunis, Hermès et Aphrodite, dont il est le fils. Il était particulièrement beau, comme il se doit, bien sûr, pour un fils d'Aphrodite. Quand la nymphe Salmacis le vit se baigner dans la fontaine dont elle était la gardienne, elle tomba aussitôt amoureuse de lui : elle fut tellement heureuse de le tenir entre ses bras, qu'elle demanda aux dieux de ne jamais la séparer de lui. Les dieux l'exaucèrent en réunissant leurs deux corps en un seul. Hermaphrodite eut ainsi à la fois des traits féminins et masculins. En général, les Anciens le représentent non comme ayant les deux sexes, mais comme un homme avec des éléments féminins, à la beauté à la fois étrange et fascinante parce qu'elle tient de l'homme et de la femme.

homo homini lupus

L'homme est un loup pour l'homme : cette affirmation signifie que l'homme est le pire ennemi de son prochain.

Litt. Ces termes furent utilisés par Plaute dans sa *Comédie des ânes* (*Asinaria*, v. 495) dans la bouche d'un marchand qui se méfie d'un homme qu'il ne connaît pas. Ils furent aussi utilisés par le philosophe anglais Hobbes au XVIIe siècle dans son introduction au *De cive* : pour lui, l'homme est poussé naturellement à manifester, sans pitié, sa puissance sur les autres hommes. Les guerres et les génocides du XXe siècle ont, hélas, donné raison à ce profond pessimisme sur la nature humaine.

huitième merveille du monde, la

Une œuvre qui mérite d'être classée parmi les plus belles réussites de l'humanité.

Hist. Une liste canonique de sept merveilles du monde fut établie par les Grecs de l'époque hellénistique qui avaient la manie de la classification, en particulier à Alexandrie, la capitale intellectuelle de ce temps. Cette liste comprenait les pyramides d'Égypte, les jardins suspendus de Babylone, le mausolée d'Halicarnasse, le temple d'Artémis d'Éphèse, la statue de Zeus d'Olympie sculptée par Phidias, le colosse de Rhodes et le phare d'Alexandrie. Quatre des sept merveilles étaient grecques et la liste fut close pour toujours. Aussi, revendiquer d'avoir réalisé la huitième est-ce prétendre atteindre la même notoriété, en prenant place à la suite des sept premières. Si l'on est français, sera-ce Notre-Dame de Paris ou le Grand Stade de France de Saint-Denis ? En un sens figuré et ironique, on utilise l'expression pour dénoncer les prétentions de quelqu'un à être admiré : « Il se prend pour la huitième merveille du monde, celui-là ! »

I

il n'y a pas loin du Capitole à la roche Tarpéienne
Le sommet de la gloire n'est guère éloigné de la chute ; avoir des hauts et des bas.

Hist. À Rome, le Capitole était la colline où se trouvait le temple le plus important de la ville, celui de Jupiter Capitolin. Lorsqu'un général romain avait remporté une grande victoire, le Sénat pouvait lui permettre de célébrer le triomphe, une grandiose cérémonie qui menait le char du triomphateur du Champ de Mars au temple de Jupiter sur le Capitole. C'était pour un Romain la récompense suprême. Pas loin de ce temple, se trouvait aussi la roche Tarpéienne, une roche abrupte qui surplombait de plusieurs dizaines de mètres le sol en contrebas : elle devait son nom à Tarpéia qui, selon la légende, aurait traîtreusement livré le Capitole aux Sabins en guerre contre Romulus, le fondateur de Rome ; ceux-ci la récompensèrent bien mal puisqu'ils la précipitèrent du haut de la roche. L'expression se réfère plus précisément à un épisode concernant Marcus Manlius Capitolinus, un membre d'une puissante famille patricienne, dont la maison se trouvait sur le Capitole. Celui-ci, alerté par les oies, repoussa victorieusement du Capitole un assaut des Gaulois qui avaient pris le reste de la ville en 390 av. J.-C. et en retira une grande gloire. Mais, peu de temps après, il fut accusé de vouloir aspirer à la tyrannie en soutenant les revendications des pauvres : il fut jeté du haut de la roche Tarpéienne.

in cauda venenum
Dans la queue est le venin.

Litt. Cette locution latine n'est pas attestée dans une source antique mais est encore souvent utilisée. Elle évoque la queue du scorpion et signifie que dans une conversation ou un écrit commencés gentiment, on décoche une attaque perfide à la fin. Autrement dit, une « flèche du Parthe* »...

in vino veritas
La vérité est dans le vin.

Litt. Le sens de ce proverbe latin a certainement une histoire aussi longue que celle de la vigne et l'ivresse. Un proverbe grec disait que « le vin et les enfants disent la vérité », soulignant par là que certaines vérités dérangeantes ou que l'on veut cacher, sortent de la bouche des ivrognes comme de celle des enfants. Ce proverbe reçoit ses lettres de noblesse philosophique dans le *Banquet* de Platon, qui l'évoque à propos de l'intrusion du jeune et bel Alcibiade, complètement ivre, dans le banquet qui réunit Socrate et quelques amis. Cela n'a rien de choquant en soi, même si les Grecs préconisent plutôt la mesure dans la boisson : ces banquets entre hommes sont en effet inconcevables sans le vin et l'ivresse qui l'accompagnent. Faisant l'éloge de Socrate, Alcibiade, puisque, dit-il, « le vin, avec ou sans les enfants, dit la vérité », révèle que Socrate est le seul homme qui ait résisté à ses avances et que, après en avoir été blessé dans son orgueil (car personne, ni homme ni femme n'avait résisté à Alcibiade), il a compris que la véritable beauté est dans la sagesse et non dans le corps et le désir. Quelques siècles plus tard, un Romain, Pline l'Ancien, évoque le même proverbe, mais de manière plus triviale, dans le cadre d'un développement sur les méfaits de l'alcool (*Histoire naturelle*, XIV, 141) : lorsqu'on est ivre, écrit-il, « les pensées secrètes se révèlent ; les uns dévoilent leur testament, les autres tiennent des discours qui tuent » ; il veut dire que ces révélations involontaires peuvent conduire à être assassiné... car, hélas, « selon le proverbe, la vérité est attribuée au vin » (*volgoque veritas iam attributa vino*). Autrement dit, toute vérité d'ivrogne n'est pas bonne à dire ! Le proverbe en latin est encore très utilisé aujourd'hui, en particulier par des producteurs de vin ou des associations d'œnologues qui semblent croire qu'il signifie que la vérité est à chercher dans le vin, ou, tout simplement, que le vin est la vraie solution aux problèmes, effaçant ainsi l'avertissement contenu dans le proverbe antique.

J

jouer les Cassandre

Une Cassandre est une personne clairvoyante sur l'avenir mais qui n'est pas crue. Voir l'avenir de manière toujours pessimiste.

Myth. Cassandre est la fille de Priam, roi de Troie selon Homère. Une légende postérieure en fait une prêtresse d'Apollon qui, par amour pour elle, lui donna le don de prophétie. Mais Cassandre repoussa Apollon qui la condamna alors à prophétiser sans jamais être crue. Les auteurs grecs la font intervenir dans leurs textes comme celle qui avertit les hommes de leur destin sans pourtant être écoutée. Comme ses prophéties sont toujours tragiques, on en a fait une prophétesse de malheurs. Dans le langage courant, on emploie l'expression « jouer les Cassandre » pour qualifier une personne pessimiste qui se complaît à ne prédire que les malheurs.

L

laconique

Concis ; qui s'exprime en peu de mots (comme un Laconien, c'est-à-dire un Spartiate).

Hist. La Laconie est le nom du territoire où se trouvait la ville de Sparte. Les Spartiates étaient exercés à avoir le sens de la repartie et évitaient, disait-on, les longs discours, par opposition aux Athéniens, habiles à parler longuement. Ce style concis fut appelé laconique. Plutarque (*Vie de Lycurgue*, 19 et suiv.) nous en rapporte quelques exemples. Un jour, un orateur athénien se moqua de l'ignorance des Spartiates, devant l'un d'eux qui rétorqua : « C'est juste, car, seuls de tous les Grecs, nous n'avons appris de vous rien de mal. » Un homme, mal considéré, harcelait un Spartiate de questions et lui demanda quel était le meilleur des Spartiates : « Celui qui te ressemble le moins. » Lorsqu'un jeune Spartiate vit des gens faire leurs besoins assis sur des sièges percés, ce qui lui paraissait un confort ridicule, il s'exclama : « Pourvu que je ne sois jamais assis sur un tel siège, d'où je ne pourrais pas me lever pour le céder à un vieillard ! » Par respect des anciens, un jeune homme devait en effet se lever pour offrir sa place, ce qui pose en effet un problème lorsqu'on est aux toilettes...

lit de Procuste, un

Une mutilation d'une œuvre ou d'un projet pour la (le) rendre conforme à un modèle ; uniformiser.

Myth. Procuste, sans doute la déformation de Procruste, nom qui signifie en grec « celui qui allonge en martelant » est le surnom donné à un brigand légendaire qui sévissait sur les routes de l'Attique. Il avait pour effrayante habitude d'attacher sur un lit les voyageurs qu'il capturait, puis de couper les membres qui dépassaient, s'ils étaient trop grands ou, au contraire, de les étirer s'ils étaient trop petits, tout cela pour les mettre à la dimension du lit. Le héros athénien Thésée le captura et lui fit subir le même sort. En français, on traite de Procuste quelqu'un qui mesure les idées d'autrui aux siennes propres, les mutile ou les déforme. Un « lit de Procuste » désigne aussi tout règlement mesquin ou une censure où l'on coupe tout ce qui dépasse !

M

macte animo, generose puer, sic itur ad astra
Courage, noble enfant, c'est ainsi qu'on s'élève vers les cieux !

Litt., *Hist.* Cette formule latine très connue est le résultat d'une synthèse de la culture latine à travers les temps. Elle ne correspond littéralement à aucun vers d'un écrivain latin. Sa forme générale vient de Virgile qui a écrit : *macte nova virtute, puer, sic itur ad astra* (*Énéide*, IX, 641), « déploie ta jeune vaillance, enfant... »). Ce sont dans l'*Énéide* les paroles d'encouragement d'Apollon au jeune Iule, fils d'Énée, qui participe pour la première fois à une bataille. Le « *macte animo* » est utilisé plusieurs fois par le poète Stace (*Thébaïde*, VII, 280 et *Silves*, II, 95), l'un des poètes les plus lus au Moyen Âge. La réunion de « *macte animo* » et de « *generose puer* », se trouve en fait plusieurs siècles plus tard chez Voltaire. Un peu plus tard, Chateaubriand l'utilise dans ses *Mémoires d'outre-tombe*, quand il raconte l'un de ses souvenirs d'enfance : menacé d'un châtiment corporel, il s'exclame « *macte animo, generose puer* » et fait ainsi rire son maître, pour lequel il s'agit d'une érudition de « grimaud », c'est-à-dire de mauvais écolier... Chateaubriand a-t-il glissé ici une plaisante critique à l'égard d'une culture voltairienne approximative ? En tout cas l'autorité de deux écrivains, pourtant de bords si opposés, a popularisé cette fausse citation. Aujourd'hui, les deux parties de la citation sont souvent utilisées séparément. C'est une exhortation au courage face à l'adversité, qui permet d'atteindre les étoiles, c'est-à-dire la renommée et la gloire, comme ce fut le cas pour le légendaire petit Iule (Ascagne pour les Grecs).

magnae spes altera Romae
Second espoir de la grande Rome.

Hist., Litt. Chez Virgile (*Énéide*, XII, 167), cet hémistiche désigne Iule (Ascagne pour les Grecs), fils d'Énée, destiné à lui succéder. Dans les légendes romaines, le héros troyen Énée et ses compagnons étaient considérés comme les ancêtres des Romains. Plus tard, la famille de Jules César, les *Julii*, prétendit descendre de Iule, le fils d'Énée. L'expression est généralement utilisée pour évoquer la personne qui occupe la seconde place dans une hiérarchie, que ce soit le pouvoir ou la gloire littéraire, mais qui est appelée à prendre un jour la première.

mausolée, un
Un tombeau monumental.

Hist. Mausole était un satrape de Carie, qu'il gouvernait au nom de l'Empire perse. Il réussit à se rendre pratiquement indépendant et régna ainsi sur la Carie (377-353 av. J.-C.) dont il fit une puissance régionale. Mausole est surtout connu pour son tombeau monumental édifié près de sa capitale, Halicarnasse, et achevé par sa veuve et sœur Artémise : ce tombeau fut nommé le « Mausolée », d'où le sens actuel. L'amour que vouait Artémise à son mari passa dans la légende comme un exemple de passion célèbre. Selon Aulu-Gelle (*Nuits attiques*, X, 18), elle alla jusqu'à boire, mêlées à de l'eau, les cendres de son mari incinéré. Lorsqu'elle acheva le Mausolée, elle organisa un concours de poètes pour célébrer les louanges de son mari. Le mausolée d'Halicarnasse fut classé parmi les sept merveilles du monde, mais il n'en reste plus grand-chose. Les sources antiques évoquent surtout son splendide décor de marbre blanc et les statues qui l'ornaient, sculptées par les plus grands artistes du temps.

mécène, un
Un protecteur des arts.

Hist. Mécène (Caius Maecenas, mort en 8 av. J.-C.) fut l'un des plus proches amis et conseillers d'Auguste. Il refusa toute fonction officielle à Rome mais protégea un grand nombre de poètes de son temps, tels Virgile, Horace ou Properce. Mécène rendait ainsi un grand service à son ami, car tous ces poètes firent la propagande du nouveau régime instauré par Auguste. Le rôle de Mécène fut immortalisé par ses protégés qui le remercièrent dans leurs œuvres. C'est pourquoi son nom, devenu nom commun, fut donné à tous ceux qui protègent les écrivains et les artistes.

mégère, une
Une femme au mauvais caractère.

Myth. La Mégère est l'une des trois Furies* : il y avait Allecto, celle que rien n'apaise, Tisiphone, l'esprit de vengeance, et Mégère, la personnification de la haine et du mauvais regard. Les Romains n'avaient retenu que leurs aspects les plus terrifiants. Chez eux, les Furies sont des folles furieuses (*furia* = délire) et elles tourmentaient les morts de mille manières.

mens sana in corpore sano
Un esprit sain dans un corps sain.

Litt. Cette maxime vient de Juvénal (*Satires*, X, 356) qui se moque des vœux insensés que l'on fait aux dieux lorsqu'on leur demande la puissance, la gloire, la richesse, la beauté ou encore une longue vie. Pour le satiriste, le sage doit seulement souhaiter, pour lui-même ou ses enfants, une bonne santé et surtout un esprit équilibré, par opposition à la folie (*insanus* = fou). Son sens s'est un peu déformé de nos jours. Elle est devenue une maxime de l'éducation idéale : il est nécessaire d'exercer son corps pour avoir un esprit sain. Elle peut aussi servir à manifester son admiration pour une personne aussi bien faite qu'intelligente.

mentor, un
Un guide expérimenté, un conseiller.

Myth. Dans l'*Odyssée*, Mentor est le nom du personnage chargé par Ulysse de s'occuper de sa maison et de son fils Télémaque pendant son absence. Ce rôle de conseiller fut en fait popularisé par l'œuvre de Fénélon (1699), *Les Aventures de Télémaque*, où Mentor est l'incarnation de la sagesse. Cette œuvre connut un énorme succès au XVIIIe siècle et fut au programme scolaire des lycées tout le long du XIXe siècle.

Messaline, une
Une femme débauchée.

Hist. Messaline fut la troisième femme de l'empereur Claude, qu'elle épousa à 14 ans vers 40 av. J.-C. Elle lui donna deux enfants, Octavie et Britannicus. Messaline défraya la chronique romaine par sa cruauté, ses intrigues et, surtout, par ses nombreux amants, car elle ne pouvait résister à l'attrait d'un bel homme. Tout Rome savait que l'empereur était trompé, sauf lui, qui était aveuglé par l'amour qu'il portait à sa femme. Mais Messaline alla un jour trop loin. Selon Tacite (*Histoires*, XI, 12 et suiv.), elle s'était prise de passion pour Caius Silius, « le plus beau des Romains », et passait des nuits folles avec lui. Elle se mit bientôt en tête de l'épouser et prépara son mariage en 48 av. J.-C. : en somme c'est elle qui s'apprêtait à répudier l'empereur ! Le scandale fut énorme. C'en était trop pour l'entourage de Claude, mais celui-ci restait toujours hésitant, malgré les preuves et les témoignages contre son épouse. L'affranchi Narcisse, un des proches collaborateurs de Claude, craignant qu'elle ne parvînt à reconquérir l'empereur, décida de lui-même de la faire mettre à mort. La mauvaise réputation de Messaline traversa les siècles, par le récit de Tacite et aussi les *Satires* de Juvénal, qui évoquent Messaline allant la nuit occuper la chambre d'une prostituée et s'offrir à tous ceux qui passent. L'extrême opposé d'une « sainte Nitouche » en somme.

mithridatisé
Immunisé contre les poisons.

Hist. Le roi du Pont Mithridate VI Eupator (120-63 av. J.-C) fut l'un des adversaires les plus coriaces des Romains, à qui il fallut trois longues guerres pour qu'il fût vaincu. Battu par Lucullus puis par Pompée, il dut s'enfuir en Crimée. Son fils Pharnace s'étant alors révolté contre lui, il choisit de se suicider avec deux de ses filles plutôt que d'être livré aux Romains. Ils avalèrent un violent poison, que le roi avait toujours avec lui, accroché à son épée : le poison agit sur ses filles qui moururent aussitôt mais ne fit aucun effet sur le vieux roi. Celui-ci avait eu comme habitude, toute sa vie, de s'immuniser en prenant continuellement des antidotes et en avalant chaque jour une petite dose de poison. Il craignait en effet d'être assassiné par ses proches : il avait d'ailleurs, pour cette raison, mis à mort sa mère, un de ses frères et six de ses enfants... Mithridate resta connu dans l'Antiquité non seulement pour ses guerres mais aussi pour sa science et sa curiosité : il parlait vingt-deux langues, s'intéressait à la poésie, à la musique et, surtout, à la médecine. Il avait inventé des remèdes que les Anciens appelaient « mithridatiques » dont les formules furent transmises à Rome avec ses archives et le trésor royal pris par Pompée.

montagne qui accouche d'une souris, une
Un énorme effort pour un résultat ridicule.

Litt. Cette expression qui semble si française est en réalité une adaptation d'un vers d'Horace (*Art poétique*, 139) : « *Parturient montes : nascetur ridiculus mus* » (la montagne va accoucher d'une ridicule souris). Horace conseille au poète de ne pas se lancer dans un sujet trop important et de ne pas se prendre pour Homère lui-même. C'est risquer ainsi d'être ridicule. Il faut au contraire savoir s'inspirer des grands poètes, tout en inventant. Si le vers d'Horace est passé de cette manière en français, c'est dû, une fois encore, à La Fontaine, qui s'en inspira pour sa fable, *La montagne qui accouche*, qui se termine par ces vers : « Je chanterai la guerre / Que firent les Titans au Maître du tonnerre. / C'est promettre beaucoup : mais qu'en sort-il souvent ? / Du vent. »

N

narcissisme
L'amour de soi-même.

Myth. Fils d'un dieu-fleuve de Béotie, Céphise, et d'une nymphe, Liropé, Narcisse était un jeune homme d'une très grande beauté. La nymphe Écho tomba amoureuse de lui, ce qui le laissa parfaitement indifférent. Elle en dépérit de désespoir et il ne resta bientôt plus de la nymphe que sa voix. La déesse Aphrodite décida de punir le jeune homme. Un jour, Narcisse, qui ne connaissait pas sa propre beauté, vit son visage se refléter dans une eau limpide. Il tomba aussitôt amoureux de cette image. Comme il lui était impossible de l'atteindre mais qu'il ne pouvait pas non plus s'en détacher, il en fut désespéré. Il dépérit ainsi sur place et mourut, transformé en fleur qui porte désormais son nom. Il y a plusieurs versions de ce mythe, mais en tout cas la « sagesse des nations » retint qu'il pouvait être dangereux de trop s'admirer soi-même.

naturam expelles furca, tamen usque recurret
Chassez le naturel (la nature) à coups de fourche, il reviendra toujours.

Litt. Selon ce vers d'Horace (*Épitres* I, X, 24), il ne sert à rien de lutter contre la nature qui est toujours la plus forte et l'on ne doit pas s'en croire le maître. Dans son *Épître,* Horace vante les charmes de la campagne et critique le mépris des citadins pour la nature. La Fontaine, grand lecteur d'Horace, en donne une traduction plaisante : « Qu'on lui ferme la porte au nez, il rentrera par les fenêtres. » Et un peu plus tard, au XVIIIe siècle, Destouches en fait un « Chassez le naturel, il revient au galop ». On transforme souvent le sens de la citation d'Horace, pour dire qu'il ne sert à rien de contraindre son caractère naturel, car il finit toujours par ressortir, surtout pour les mauvais caractères.

ne quid nimis
Rien de trop.

Litt. Cette maxime latine est transposée du grec (*mèden agan*) par Térence (*Andrienne*, 61). Dans sa comédie, elle est prononcée par l'affranchi Sosie, avec un effet comique, ce qui montre qu'elle était alors devenue un lieu commun de la pensée grecque à Rome. La maxime grecque était inscrite sur le fronton du temple d'Apollon à Delphes, tout comme le « Connais-toi toi-même* », ce qui est conforme à la nature de ce dieu de la mesure et de la musique. Elle signifie qu'il faut être modéré en toute chose et qu'inversement l'excès est un défaut, en particulier dans le domaine de la littérature et de l'art.

nec plus ultra
Rien au-delà ; ce qu'il y a de mieux.

Myth., Hist. Le sens de cette expression est celui d'une limite qu'on ne peut pas dépasser. C'est pourquoi elle a été rapportée aux « colonnes d'Hercule », identifiées au détroit de Gibraltar depuis l'époque hellénistique. Dans l'Antiquité, ces colonnes étaient considérées comme l'une des extrémités du monde que personne ne pouvait dépasser. Hercule avait dû aller chercher dans l'extrême Occident les bœufs du monstre Géryon. Avant de repartir, il érigea les « colonnes », que sont les monts Calpé et Abyla, de chaque côté du détroit de Gibraltar. Selon d'autres légendes, rapportées par Diodore de Sicile (*Bibliothèque historique*, IV, 6), Hercule rapprocha les deux continents afin de ne laisser qu'un étroit passage, empêchant ainsi les monstres marins de pénétrer en Méditerranée ; ou bien, au contraire, il perça le détroit, pour que la mer et l'océan communiquent. Lorsque Christophe Colomb découvrit l'Amérique en 1492, les souverains espagnols s'enorgueillirent d'avoir fait mieux qu'Hercule : ils firent figurer deux colonnes sur leurs monnaies, autour desquelles s'enroulait la devise « *plus ultra* », qui signifie : « toujours au-delà » ou « toujours mieux ». Il s'agissait de la version latine de la devise de l'empereur Charles Quint (en vieux français : « plus oultre »). Ce motif d'un bandeau autour d'une colonne serait à l'origine du signe symbolisant le dollar américain ($) qui, ainsi, diffuse à des milliards d'exemplaires la légende d'Hercule.

nettoyer les écuries d'Augias
Parvenir à nettoyer un endroit particulièrement vaste et sale.

Myth. Parmi les douze travaux imposés à Héraclès (Hercule pour les Romains), il lui fallut sur l'ordre d'Augias, roi d'Élis, nettoyer ses étables (et non à proprement parler des écuries) en une seule journée. Or, ce roi possédait d'immenses troupeaux et personne n'aurait pu réaliser cet ordre, sans la force et l'intelligence d'Héraclès. Pour y parvenir, celui-ci détourna deux fleuves, l'Alphée et le Pérée, qui accomplirent eux-mêmes la tâche en traversant les étables. En français, quand on découvre un endroit particulièrement sale ou désordonné, on s'écrie : « Mais ce sont les écuries d'Augias ! »

nez de Cléopâtre, s'il eût été plus court, toute la face de la terre aurait changé, le
L'histoire humaine dépend parfois de détails infimes.

Hist., Litt. Cette pensée du philosophe français Pascal évoque la reine Cléopâtre qui fut la dernière reine de l'Égypte lagide. Reine à 18 ans, Cléopâtre VII (69-30 av. J.-C.) fut la maîtresse des maîtres du monde, Jules César puis Marc Antoine, qu'elle réussit à séduire. Mais par quoi ? Sa beauté ? Son nez ? Si Dion Cassius dit que Cléopâtre « était une femme d'une beauté exceptionnelle » (*Histoire romaine*, 42, 34, 4), Plutarque affirme au contraire que « sa beauté en elle-même n'était pas incomparable, ni propre à émerveiller ceux qui la voyaient » (*Vie d'Antoine*, 26, 2-4). Ils sont en revanche d'accord pour lui reconnaître un charme irrésistible : « elle avait la voix la plus distinguée et savait converser gracieusement avec n'importe qui » (Dion Cassius) ; « le son même de sa voix donnait du plaisir ; sa langue était comme un instrument à plusieurs cordes dont elle jouait comme elle voulait » (Plutarque). Il n'est ici et, nulle part, question de nez, sur lequel on ne sait pas grand-chose, sinon qu'il apparaît fin et courbé, c'est-à-dire aquilin, d'après les portraits des monnaies émises par Antoine. Or, le nez aquilin passait, en France, pour un signe de noblesse et de fermeté de caractère. Plutôt qu'à sa beauté, c'est au charme de sa personnalité que Pascal faisait allusion, ce charme qui donnait à la reine un « *je ne sais quoi* » qui inspire l'amour. Quant aux conséquences de l'amour sur le déroulement de l'histoire, on laissera chacun juge, mais nous partageons plutôt l'avis d'Alphonse Allais : « Si le nez de Cléopâtre avait été moins long, sa face à elle aurait été changée bien avant celle du monde. »

nulla dies sine linea

Pas un jour sans une ligne.

Hist. Il s'agit d'un proverbe latin forgé pour évoquer la méthode de travail du plus célèbre peintre grec de l'Antiquité, Apelle, qui fut notamment le portraitiste d'Alexandre le Grand (IVe siècle av. J.-C). Selon Pline l'Ancien (*Histoire naturelle*, XXXV, 84), Apelle ne passait pas un seul jour sans s'exercer à tracer une ligne sur un tableau. La finesse de ses traits était renommée dans l'Antiquité. Il fit un concours avec l'un de ses confrères, le peintre Protogène de Rhodes : l'un traçait une ligne de couleur, puis l'autre devait en tracer une autre au milieu de la précédente, donc toujours plus fine. Protogène dut s'avouer vaincu. Une autre anecdote concernant Apelle est passée en proverbe dans l'Antiquité. Le peintre, très soucieux de l'exactitude, se plaçait, disait-on, derrière ses tableaux pour connaître le jugement du public. Un jour, un cordonnier remarqua qu'une sandale était peinte avec une attache de moins qu'il n'en fallait. Apelle, mortifié, corrigea l'erreur. Le lendemain, le cordonnier, tout fier de son succès, se mit à critiquer la jambe. Cette fois, Apelle furieux le tança : « Un cordonnier n'a rien à voir au-dessus de la sandale ! » Ce qui donne dans sa version latine « *ne sutor super crepidam* ». En français, *nulla dies sine linea* se rapporte plutôt au travail des écrivains.

nunc est bibendum

Maintenant, il faut boire !

Hist., Litt. Ce premier vers d'une ode d'Horace (*Odes*, I, 37, 1) est une belle invitation à faire la fête après un succès, ce qui explique qu'il soit encore si souvent employé. Cette ode célèbre bien la victoire d'Octave à Actium en 31 av. J.-C., qu'il remporta sur son rival Marc Antoine et la reine d'Égypte Cléopâtre. Le poète y présente la reine comme enivrée par ses espoirs insensés de vaincre Rome, mais aussi par le vin d'Égypte ; elle ne retrouve ses esprits qu'après avoir été vaincue, elle se suicide donc avec courage pour éviter d'être exhibée en triomphe à Rome. La victoire acquise, les Romains peuvent désormais boire pour fêter les dieux de Rome et, pour cela, déboucher du bon vin italien, du Cécube, un des meilleurs crus de Campanie. Le vers d'Horace a eu une postérité inattendue en France, puis il a été choisi par une célèbre marque pneumatique comme slogan publicitaire au début du XXe siècle : le vers fut alors compris par les clients comme « et maintenant Bibendum existe » et le gros personnage constitué de pneus appelé familièrement Bibendum fut créé. De sorte qu'un bibendum est maintenant, chez nous, une personne un peu enveloppée, voire un bébé potelé...

O

o tempora, o mores !
Quelle époque ! Quelles mœurs !

Hist. Cette double exclamation de Cicéron (106-43 av. J.-C.) déplore la corruption des hommes politiques de son époque. Il l'a d'abord employée dans un réquisitoire contre le sénateur Verrès (*Verrines*, II, IV, 56) qu'il attaque dans un procès de corruption retentissant. Ce Verrès, gouverneur de la province de Sicile, avait passé son temps à s'enrichir aux dépens des Siciliens et à piller des œuvres d'art. Cicéron utilise encore cette exclamation au début de la première *Catilinaire*, laquelle commence par son fameux « *Quousque tandem abutere, Catilina, patienta nostra* ? » (« jusques à quand abuseras-tu de notre patience, Catilina ? »). Cette fois, Cicéron, alors consul (63 av. J.-C.), s'attaque à un membre de l'aristocratie romaine qui complote de prendre le pouvoir par la force : il parvient à l'en empêcher et le fait exécuter avec ses complices. Ces deux épisodes sont des exemples sans cesse repris de la crise de la République romaine, qui quinze ans plus tard s'écroule au profit de Jules César. On cite souvent la formule de Cicéron pour déplorer l'évolution des mœurs, de manière sincère ou ironique.

oderint dum metuant
Qu'ils me haïssent, pourvu qu'ils me craignent !

Hist. L'empereur Caligula (37-41) aimait à répéter ce vers d'un auteur de tragédies, selon Suétone (*Gaius*, 30). Le biographe présente le jeune empereur comme fou et sanguinaire. Il multiplie les anecdotes sur sa cruauté : ainsi Caligula aurait-il recommandé de frapper un condamné à petits coups « de telle façon qu'il se sente mourir ». Caligula se fit surtout craindre des sénateurs, qui en retour le détestaient, mais il fut, un temps, populaire auprès de la plèbe de Rome. Il fut assassiné après moins de quatre ans de règne. On emploie toujours cette citation pour caractériser l'attitude d'un tyran ou d'un dictateur, mais souvent, de manière plus anodine, pour celui qui fait régner l'ordre sans craindre d'être détesté.

odyssée, une

Voyage mouvementé, rempli d'aventures.

Myth. Le mot est celui du titre de l'œuvre d'Homère, l'*Odyssée,* qui raconte les voyages d'Ulysse (nommé *Odusseus* dans le texte). Ce héros grec connut dix années d'errance, riches en péripéties, avant de pouvoir regagner sa patrie, Ithaque, où l'attendait sa fidèle épouse Pénélope.

ôte-toi de mon soleil...

Laisse-moi jouir de ce que la nature ou les dieux m'offrent...

Hist., Litt. Diogène, philosophe grec de l'école cynique*, était le contemporain du roi des Macédoniens, Alexandre le Grand. Selon Diogène Laërce, alors que Diogène jouissait tranquillement du soleil dans le Cranéion, un gymnase de Corinthe, le jeune et puissant roi Alexandre survint et lui dit : « Demande-moi ce que tu veux, tu l'obtiendras. » Diogène lui répondit : « Ôte-toi de mon soleil » (ou bien : « Cesse de me faire de l'ombre »), signifiant par là que le sage doit être insensible aux offres des puissants, dont il n'a aucun besoin, et jouir de ce que les dieux offrent à tous. Refuser l'offre du roi aurait pu lui valoir des ennuis, mais Alexandre admirait Diogène. Diogène Laërce prête au roi ces paroles : « S'il n'était pas Alexandre, il voudrait être Diogène. » Un syllogisme de Diogène exprime bien sa philosophie : « Tout appartient aux dieux ; or les sages sont des amis des dieux ; par ailleurs, les amis mettent leurs biens en commun ; donc, tout appartient aux sages. »

P

panem et circenses

Du pain et des jeux.

Hist. Cette frappante formule de Juvénal résume ce qu'il pense du peuple romain à l'époque impériale. En voici le développement complet : « Depuis qu'il n'y a plus de suffrages à vendre, [le peuple] se désintéresse de tout ; lui qui jadis attribuait le commandement, les faisceaux, les légions, enfin tout ; aujourd'hui il en rabat sérieusement et ne s'inquiète que de deux choses : du pain et des jeux » (*Satires*, X, 77-81). De fait, sous l'Empire, le peuple a perdu le droit de vote et d'élection des magistrats. Cependant l'empereur est tenu d'être populaire. Il a le devoir de nourrir la population de Rome : 200 000 citoyens bénéficient ainsi de distributions gratuites de blé. Il doit aussi les distraire par des spectacles scéniques (au théâtre) de gladiateurs (à l'amphithéâtre) et, surtout, des courses de chevaux (*circenses*) qui se tiennent au Grand Cirque capable de contenir 300 000 spectateurs. La célébrité de ce vers de Juvénal a exercé une grande influence sur la vision que l'on peut avoir des Romains sous l'Empire : les Romains seraient ainsi un ramassis d'oisifs vivant aux dépens de l'État et des provinces. La chose est à nuancer, puisque seule une partie de la population bénéficiait des distributions publiques et que la plupart d'entre eux travaillaient. De nos jours, on emploie la formule pour dénoncer, par exemple, une politique démagogique ou le désintérêt des citoyens pour la politique : on pourrait la remplacer par « de la télé et du foot ! ».

panique, une
Une peur irraisonnée.

Myth. Pan est le dieu grec des bergers et des troupeaux, mais aussi des lieux sauvages et reculés, où paissaient précisément les troupeaux. Son nom signifie « tout » en grec. Les Grecs lui attribuent l'invention de la flûte faite de sept roseaux accolés, la syrinx, et croyaient en reconnaître le son dans les bruits mystérieux des solitudes sauvages qui provoquaient la peur. Il était figuré comme un personnage barbu, à la chevelure hirsute et aux pieds de bouc. Il était tellement laid que, à sa naissance, sa mère s'enfuit épouvantée, mais il fut recueilli par les dieux. Les Grecs lui attribuaient des interventions dans plusieurs batailles où le son de sa voix et de sa flûte avait créé une « panique » chez l'ennemi.

paroles sibyllines, des
Des paroles dont le sens reste obscur et énigmatique.

Myth., Hist. Le nom de Sibylle était le nom d'une prophétesse d'Apollon ; puis il fut attribué à plusieurs prophétesses. Les paroles des Sibylles étaient considérées comme des « oracles », c'est-à-dire des réponses du dieu aux questions qu'on lui posait concernant l'avenir. Les Anciens avaient constitué des recueils de leurs prophéties, appelés « livres sibyllins », que l'on consultait lorsqu'il fallait prendre une décision importante. La plus connue de ces Sibylles est celle de Cumes, une cité fondée par les Grecs en Italie : les Romains en conservaient les oracles dans des livres, d'abord déposés dans le temple de Jupiter Capitolin, puis, sous l'Empire, dans celui d'Apollon du Palatin. L'oracle sibyllin était une réponse divine, mais le problème, pour les hommes, était d'en comprendre le sens : ils étaient souvent obscurs et il fallait les interpréter, ce qui pouvait être source d'erreur. Depuis, une parole ou une réponse sibylline est faite de manière à en rendre volontairement le sens obscur, pour ne pas dévoiler de manière claire la vérité.

passer sous les fourches caudines
Accepter des conditions humiliantes.

Hist. On ne retient souvent de l'histoire de Rome que les victoires et les conquêtes de cette République de soldatscitoyens. Pourtant les Romains connurent aussi des défaites, en particulier lors des longues et difficiles guerres qui les opposèrent au peuple belliqueux des Samnites. En 321 av. J.-C., une armée romaine commandée par les deux consuls fut enfermée dans des gorges étroites, appelées les Fourches caudines : les Samnites en avaient barré les deux extrémités à l'aide de rochers et de troncs d'arbres. Ils avaient alors le choix d'exterminer les Romains ou de les forcer à reconnaître leur défaite et à conclure une paix. Les Romains acceptèrent de se rendre pour avoir la vie sauve : ils durent sortir de leur camp, sans leurs armes, et passer sous un joug formé de lances, consuls et officiers compris. Bien plus que la défaite, c'est de se courber devant l'ennemi qui a paru honteux et humiliant aux Romains.

philippique, une
Un violent discours, souvent satirique, prononcé contre un adversaire politique.

Hist. Le nom de *Philippiques* fut donné aux discours du célèbre orateur athénien Démosthène contre le roi Philippe II de Macédoine (359-336 av. J.-C.) qui était en train de subjuguer la Grèce. L'orateur voulait avertir ses compatriotes du danger qu'il représentait et les inciter à prendre les armes pour défendre leur liberté, ainsi que celle des autres Grecs. Il finit par réussir, l'emportant sur le parti de la paix, et parvient même à unir Athènes et Thèbes, pourtant ennemies héréditaires, contre le roi. Mais la coalition des deux cités fut vaincue par la phalange macédonienne le 22 août 338, à Chéronée. Depuis lors, les cités grecques ne retrouveront jamais plus, de manière durable, leur indépendance. Ce titre de *Philippiques* fut repris pour les discours prononcés par Cicéron contre Marc Antoine. Ce dernier, après l'assassinat de César, semblait en passe de prendre le pouvoir à Rome et de faire sombrer la République. Dans l'un d'entre eux, Cicéron employa un ton d'une extrême violence, multipliant les invectives sur les mœurs d'Antoine. Quelques mois après, Cicéron en fut cruellement châtié, puisqu'il fut proscrit*, c'est-à-dire mis à mort. Sur l'ordre d'Antoine, sa tête et ses mains, qui avaient écrit les *Philippiques*, furent coupées et exhibées sur le forum. L'historien Dion Cassius raconte même que Fulvie, épouse d'Antoine et veuve de Clodius, prit la tête sur ses genoux, lui cracha à la figure et perça sa langue d'une aiguille, car celle-ci avait prononcé de grands discours contre ses deux époux successifs. Le sens actuel de philippique, un discours violent, satirique voire injurieux, vient du ton employé par Cicéron.

pomme de discorde, une
Cause ou objet d'une dispute.

Myth. Éris (la Discorde en grec), furieuse de ne pas avoir été invitée aux noces entre la déesse Thétis et le héros Pelée, jeta au milieu des déesses une pomme d'or, où il était inscrit : « à la plus belle ». Évidemment les déesses se la disputèrent. Pour mettre fin à cette discorde, Zeus décida de faire du jeune Pâris l'arbitre entre trois déesses qui, chacune, lui promit un cadeau si elle était choisie : Aphrodite, l'amour de la plus belle femme du monde, Héra, un grand royaume et Athéna, la sagesse. Il choisit Aphrodite, ce qui lui attira bien des ennuis ainsi qu'à Troie, puisque la femme promise fut Hélène qu'il enleva à Ménélas et qui fut la cause de la guerre. De plus il s'était attiré la haine des deux autres déesses qui aidèrent les Grecs. De nos jours, une pomme de discorde est un objet de dispute entre des personnes qu'il divise.

préférer être le premier dans un (ou son) village plutôt qu'être le second à Rome
Vouloir avoir le premier rang, même dans un village, plutôt que le second dans la capitale.

Hist. Selon Plutarque, Jules César fit cette réponse à l'un de ses amis, lorsque, en route pour son gouvernement d'Espagne ultérieure, il traversait un village des Alpes à l'aspect misérable. Ce compagnon lui dit, en riant, qu'il avait peut-être ici aussi, dans ce village crotté, des rivalités pour accéder au premier rang, faisant allusion aux intrigues auxquelles César était mêlé à Rome. César rétorqua sur un ton sérieux qu'il « préférait être le premier ici, que le second à Rome ». On fait souvent cette citation pour évoquer celui qui se contente d'avoir le pouvoir à une modeste échelle locale, plutôt que d'être au second rang à l'échelle nationale. Mais César, lui, ne se contenta pas d'un village et réussit à être le premier à Rome.

prendre le Pirée pour un homme
Faire une erreur grossière par prétention.

Litt. Le Pirée était le port d'Athènes dans l'Antiquité. L'expression est tirée d'une fable de La Fontaine, *Le Singe et le Dauphin*. Il s'inspire d'un passage de Pline l'Ancien (*Histoire naturelle*, IX, 20-27), qui évoque l'amitié que semblent ressentir les dauphins pour l'homme, et surtout d'une fable attribuée à Ésope. Cette fable raconte qu'un jour un navire chavira, avec son équipage et un singe qui se trouvait avec eux. Un dauphin le prit pour un homme et le sauva en le portant sur son dos. Comme ils s'approchaient du Pirée, le dauphin lui demanda s'il était athénien et s'il connaissait bien le Pirée. Le singe répondit que oui, et qu'en outre il était un grand ami du Pirée, qu'il prit pour un homme. Le dauphin fut indigné de la supercherie, plongea dans l'eau et le singe se noya. La morale de la fable d'Ésope, reprise par La Fontaine, est qu'il ne faut pas faire croire aux autres ce que l'on ne sait pas, bref ne pas faire le « singe savant ». La Fontaine ajoute une note personnelle à cette fable inspirée des Anciens et y dénonce également ceux, trop nombreux, qui « prendraient Vaugirard pour Rome ».

prométhéen
Ce qui caractérise la foi en l'action de l'homme face aux forces qui lui sont supérieures : le destin, la nature, les dieux ou Dieu...

Myth. L'adjectif vient de Prométhée (en grec : « le prévoyant »), un fils de Titans ou un Titan lui-même. Contrairement aux autres Titans, qui n'utilisaient que leur force titanesque, Prométhée y joignait l'intelligence et la ruse, ce qui lui permit d'être épargné par Zeus qui l'admit dans l'Olympe. Prométhée se fit le défenseur et le bienfaiteur des hommes : il leur fit don du feu, qu'il vola à Héphaïstos, et leur apprit tous les arts et les sciences, ce qui les tira de leur sauvagerie initiale. Alors que les hommes, dans leurs sacrifices, partageaient les victimes avec les dieux, qui en prenaient la meilleure part, Prométhée leur montra le moyen de tromper Zeus par une ruse, afin qu'il choisisse la plus mauvaise part, c'est-à-dire les os et les entrailles. Zeus s'en aperçut et pour punir les hommes leur envoya Pandore. Prométhée irrita encore une fois Zeus, en ne lui révélant pas le secret qu'il connaissait sur la déesse Thétis que Zeus désirait épouser. Ce secret était un oracle selon lequel le fils qu'elle aurait serait plus puissant que son père. Excédé, Zeus décida de punir Prométhée par un supplice éternel. Il le fit enchaîner à un rocher et, chaque jour, un aigle venait lui dévorer le foie, et, comme Prométhée était un immortel, son foie se reconstituait la nuit. On qualifie aujourd'hui de prométhéennes toutes les œuvres humaines qui font faire un bond en avant à l'humanité et qui paraissent être un défi à la nature (ou à Dieu...).

proscrit, un
Un condamné à l'exil.

Hist. Ce mot vient du verbe latin *proscribere*, qui signifie publier par voie d'affiche. Deux épisodes sanglants de l'histoire de la République romaine lui ont donné un autre sens, moins anodin. En effet, le dictateur Sylla, en 82 av. J.-C., puis, à son imitation, les triumvirs Antoine, Octave et Lépide, en 43 av. J.-C., publièrent la liste des noms de leurs adversaires politiques qu'ils voulaient éliminer, après avoir pris le pouvoir par la force : ils les « proscrirent » donc. Les proscrits étaient condamnés à mort et leurs biens confisqués et il y eut à chaque fois des centaines de victimes. La plus connue en est l'orateur Cicéron en 43 av. J.-C., victime de la vengeance d'Antoine, contre lequel il avait prononcé ses *Philippiques**. Par la suite il y eut d'autres proscriptions, mais elles se traduisaient généralement par la seule confiscation des biens et l'exil, d'où le sens actuel.

R

regagner ses pénates

Revenir chez soi.

Myth., Hist. Les Pénates (nom masculin) sont, chez les Romains, les divinités de la partie la plus retirée de l'intérieur de la maison, c'est-à-dire du cellier à provisions. Ils sont honorés dans le Laraire, à côté des Lares et du Génie du père de famille. En français, on peut non seulement regagner ses pénates, mais aussi les transporter (déménager) et les fixer quelque part (emménager).

remettre (ou renvoyer) aux calendes grecques

Remettre à une date impossible, c'est-à-dire à jamais.

Hist. L'expression a été inventée, selon Suétone, par l'empereur Auguste, pour qualifier les mauvais débiteurs qui promettent de rembourser leurs dettes aux calendes grecques. Elle contient en effet une contradiction : le mot calendes (*calendae*) désigne le premier jour de chaque mois dans le calendrier romain, mais il n'existe pas, sous ce nom, dans les calendriers grecs. Il n'y a donc pas de « calendes grecques ». On utilise souvent cette expression pour signifier remettre à une date indéterminée ou très lointaine. Mais en fait, reporter quelque chose aux calendes grecques signifie la reporter au jour où « les poules auront des dents »...

rendre à César ce qui est à César

À chacun doit revenir ce qui lui appartient.

Hist. C'est la réponse de Jésus à un Pharisien qui lui demandait si les Juifs devaient payer l'impôt aux Romains et, donc, accepter la soumission à un pouvoir païen. Jésus lui demanda de lui montrer une pièce de monnaie, où l'on pouvait voir l'effigie de l'empereur et son nom, César, le nom officiel de l'empereur Tibère qui régnait alors : cette pièce lui appartenait donc. L'expression est employée pour justifier ce qu'exige un pouvoir, ou, plus exactement, faire la part de ce qui est du domaine des affaires terrestres et des affaires divines, car Jésus avait fini sa réponse par « et rendre à Dieu ce qui est à Dieu ».

repas de Lucullus, un

Un repas raffiné et luxueux de gastronome.

Hist. Lucius Licinius Lucullus (118-56 av. J.-C.) était un homme politique romain et un grand général. Proconsul chargé de la guerre contre le roi Mithridate du Pont en 73, il remporta des grandes victoires en Asie Mineure, mais il fut déchu de son commandement au profit de Pompée en 66 av. J.-C. Il se retira alors de la vie publique pour mener une vie de plaisirs aussi bien pour le corps que pour l'esprit. Il appréciait les mets les plus rares et aimait régaler ses convives, tout en les surprenant. Plutarque nous raconte qu'il avait fixé pour chacune de ses somptueuses salles à manger un type de repas, avec la vaisselle appropriée de sorte qu'il lui suffisait de dire à ses esclaves qu'il dînerait dans telle salle à manger pour que ceux-ci préparent le festin. Celui de sa salle d'Apollon coûtait ainsi 200 000 sesterces, c'est-à-dire une fortune puisqu'un ouvrier gagnait alors environ 1 sesterce par jour. Un jour qu'il dînait seul, il fut surpris de la médiocrité de son repas. Son esclave n'avait fait aucun effort particulier puisqu'il n'y avait pas d'invité ce soir-là. Lucullus lui rétorqua : « Ne sais-tu donc pas que, ce soir, Lucullus dîne chez Lucullus ? » Selon Pline l'Ancien, Lucullus a introduit le cerisier en Italie, qu'il fit venir d'Asie Mineure.

retirer sous sa tente, se

Abandonner une cause sous l'effet du dépit ou de la colère.

Hist. Dans l'Antiquité, Achille était célèbre pour sa colère dont l'*Iliade* d'Homère était le sujet. Alors que le siège de Troie entrait dans sa dixième année, furieux d'avoir dû livrer au roi Agamemnon sa belle captive Briséis, Achille décida de ne plus combattre et de se retirer sous sa tente. Sans l'invincible Achille, les Achéens se virent infliger une série de défaites par les Troyens.

retirer sur l'Aventin, se
Faire une sécession pour obtenir gain de cause.

Hist. À Rome, au Ve siècle av. J.-C., les plébéiens cherchaient vainement à obtenir des droits les protégeant de l'arbitraire des patriciens qui détenaient seuls le pouvoir. Ils décidèrent alors à plusieurs reprises de refuser de servir dans l'armée et de se retirer sur la colline de l'Aventin qui se trouvait hors des limites sacrées de Rome. C'est là qu'ils créèrent leurs propres institutions, parmi lesquelles le tribunat de la plèbe. L'expression s'utilise lorsque ceux qui exercent le pouvoir refusent de céder à une pression populaire : le peuple (ou ses chefs) menace alors de se retirer sur l'Aventin, c'est-à-dire de priver l'État de sa véritable force que sont les citoyens.

revoir ses Lares
Retrouver son foyer familial.

Myth., Hist. Chez les Romains, des esprits, plus ou moins dangereux, appelés Lares, veillaient sur les carrefours ou sur les limites des propriétés rurales, alors que d'autres, les Lares de la famille (*Lares familiares*), veillaient sur l'ensemble de la maison et de la famille, esclaves compris. Ces derniers étaient honorés dans un petit sanctuaire domestique, le laraire (*lararium*). Revoir ses Lares était donc retrouver sa maison et sa famille.

riche comme Crésus
Être immensément riche.

Hist. Crésus était un roi de Lydie du VIe siècle av. J.-C., un royaume au sud-ouest de l'Asie Mineure. Sa richesse était déjà proverbiale dans l'Antiquité : il impressionnait les Grecs par la splendeur de ses offrandes aux sanctuaires de Grèce et d'Asie. La source de sa richesse provenait, entre autres, de l'or contenu dans les sables du Pactole*, une rivière affluente du fleuve Hermos. Malgré ses ressources, il fut vaincu par le roi perse Cyrus qui s'empara de sa capitale et de son royaume.

rocher de Sisyphe, le
Un travail vain, toujours à recommencer.

Myth. Sisyphe fut le premier roi mythique de Corinthe. Il se distinguait par son intelligence et sa ruse. Ayant découvert que Zeus avait séduit la nymphe Égine, fille du fleuve Aspasos, il dénonça l'affaire au père, pour obtenir en échange une source au sommet de la citadelle de Corinthe. Pour se venger, Zeus lui envoya Thanatos (la « mort » ; masculin en grec), mais Sisyphe parvint à l'enchaîner et à la mettre au fond d'une prison. Cela posait un problème aux dieux : en effet, les hommes cessaient de mourir et devenaient ainsi comme les dieux, « immortels ». Zeus envoya donc Arès délivrer Thanatos, qui, s'étant emparé de l'âme de Sisyphe, la mena de force aux Enfers. Mais Sisyphe avait ordonné à sa femme de laisser son corps sans sépulture, ce qui est une grave impiété pour les Grecs. Une fois aux Enfers, il fit mine d'être indigné ; il demanda à Hadès et Perséphone de le laisser revenir chez les vivants pour punir sa femme. Ils lui en donnèrent la permission, et, bien entendu, Sisyphe, ainsi ressuscité, ne revint pas. Il vécut encore très longtemps, mais finit tout de même par mourir et retourner aux Enfers. Le malheureux allait y subir un châtiment éternel, pour avoir défié les dieux et la mort. Il fut condamné à pousser un énorme rocher au sommet d'une montagne, mais dès qu'il en approchait, le rocher retombait en bas de la pente, et il lui fallait recommencer.

Rome ne s'est pas faite en un jour

Il faut du temps pour les grandes choses.

Litt., Hist. Ce proverbe n'est pas antique, et Paris y remplace souvent Rome, mais il est un hommage à la fois à la ville de Rome, la plus grande du monde antique, et à l'immensité de son empire. Ayant été fondée par Romulus en 753 av. J.-C., selon la légende, il fallut en effet à Rome cinq siècles pour devenir une grande puissance et encore deux siècles pour se rendre maîtresse du monde méditerranéen.

roue de la Fortune, la

Le destin humain livré au hasard, bon ou mauvais.

Myth. Fortune (*Fortuna* en latin) était une déesse italique aux fonctions très diverses. Son nom vient du latin *fero* (porter) et *fors* (le hasard, le sort). C'est donc la déesse qui apporte les manifestations du sort à chacun, chance ou malchance. Elle était souvent représentée debout sur une roue et les yeux bandés : la roue pouvait tourner en un sens ou en un autre, symbolisant ainsi la versatilité du destin humain.

S

satyre, un

Un homme qui poursuit les femmes.

Myth. Les Satyres (*saturoi* en grec) sont des compagnons du dieu Dionysos. Ce sont des divinités libres et agrestes. Ils ont une forme humaine, mais ont aussi des traits qui leur viennent des animaux : des pieds cornus, une queue de cheval, des cornes qui les apparentent aux boucs. Ils se distinguent par le fait qu'ils laissent aller librement leurs désirs libidineux pour les femmes qu'ils poursuivent. C'est pourquoi on traite aujourd'hui de satyre un homme qui poursuit de ses assiduités une femme de manière pressante et inopportune, ou même un violeur criminel.

si vis pacem, para bellum

Si tu veux la paix, prépare la guerre.

Hist., Litt. Cette maxime est une adaptation faite au Moyen Âge d'une phrase de Végèce, auteur d'un *Traité de l'art militaire* au IVe siècle : « *Igitur qui desiderat pacem, praeparet bellum* » (introduction au livre III). Ce traité, le seul qui nous reste de l'Antiquité, eut beaucoup d'influence en Europe jusqu'au XVIe siècle, puis la perdit avec la généralisation des armements modernes. Végèce traite notamment de la nécessité de bien préparer et entraîner les soldats, et, pour les généraux, d'acquérir une science de la guerre : une nécessité pour maintenir la paix ou, si la guerre est déclarée, la gagner. La maxime est souvent employée pour justifier une politique de « dissuasion » militaire, et donc, parfois, une course aux armements.

sorti tout armé de...
Conçu dès l'origine dans sa forme définitive.

Myth. Avant Héra, Zeus avait eu d'abord pour épouse Métis, dont le nom signifie en grec ruse ou intelligence. Selon le poète Hésiode, Zeus aurait craint d'être privé de son pouvoir souverain sur les dieux et les hommes par un fils que Métis devait enfanter et qui lui succéderait. Zeus avala donc Métis, enceinte, s'appropriant ainsi ses qualités, tout en l'empêchant d'accoucher d'un éventuel successeur. Mais il eut un peu plus tard un mal de tête terrible. Il demanda à Héphaïstos de le délivrer en lui portant un coup de hache sur le front : une fois son front fendu, en sortit tout armée la déesse Athéna, déjà adulte et poussant son cri de guerre : en effet, Athéna, protectrice des cités et déesse de l'intelligence, est aussi une guerrière, toujours munie de son casque, sa lance et son bouclier. L'expression « sorti tout armé », souvent du cerveau ou de la cervelle de quelqu'un, signifie en français qu'une idée est conçue d'un coup et entièrement, sans qu'il y ait de modification à y apporter. Elle est aussi utilisée négativement pour exprimer au contraire qu'une idée ou un projet a été longuement mûri.

sortir (ou être né) de la cuisse de Jupiter
Être de haute naissance.

Myth. Parmi les pouvoirs divins de Jupiter (Zeus), il eut celui d'être père-porteur... Il advint qu'il eut une aventure, entre beaucoup d'autres (on a pu en compter cent quinze dans l'Antiquité...), avec une mortelle, Sémélé, fille de Cadmos, roi de Thèbes. Il la rendit enceinte du futur Dionysos. Héra, l'épouse de Zeus, l'apprit et, comme d'habitude, décida de se venger de sa rivale : déguisée en mortelle, elle persuada Sémélé d'exiger de Zeus de venir la retrouver dans toute sa majesté divine. Or Zeus est le dieu de la foudre : la pauvre Sémélé fut foudroyée et en mourut. Il décida de sauver l'enfant qu'elle portait et le mit dans sa cuisse, d'où il naquit à son terme : bien que fils d'une mortelle, il eut ainsi une naissance divine. Ce ne fut pas le seul enfant que Zeus porta puisque la déesse Athéna naquit de sa cervelle dont elle sortit tout armée*. Si cette curieuse manière de naître de la cuisse de Jupiter eut tant de succès, c'est parce que la cuisse du dieu avait abrité le fils d'une mortelle : ainsi tout homme pouvait imaginer avoir une seconde naissance, divine cette fois. En français, l'expression est souvent utilisée pour critiquer une attitude vaniteuse et considérée comme injustifiée : « Il se croit sorti de la cuisse de Jupiter celui-là ? Non, mais, il se prend pour qui ? » On l'utilise aussi négativement, par opposition avec quelqu'un qui est privilégié par la naissance : « Je ne suis pas sorti de la cuisse de Jupiter, moi. »

souviens-toi que tu es un homme

Ne pas se croire au-dessus de la condition humaine.

Hist. C'est l'avertissement que faisait un esclave à l'oreille d'un général romain qui célébrait un triomphe. Au cours de cette cérémonie, le général était pratiquement assimilé au dieu Jupiter. En effet, il portait un costume spécial, une toge parsemée d'étoiles d'or, tenait à la main le sceptre de Jupiter et son visage était barbouillé de rouge, comme les statues archaïques des dieux. Cependant, l'esclave qui tenait au-dessus de sa tête la couronne de laurier lui murmurait à l'oreille : « Retourne-toi ! Souviens-toi que tu es un homme. » Le fait ne nous est rapporté que par des sources tardives (Arrien) et par les chrétiens Tertullien et Jérôme qui avaient intérêt à montrer que même les empereurs, qui avaient alors le monopole du triomphe, n'étaient pas des dieux. On emploie parfois cette citation pour avertir quelqu'un qui est arrivé au sommet du pouvoir ou de la gloire de se souvenir qu'il n'est qu'un homme comme les autres. Autrement dit de ne pas « avoir la grosse tête » ou « les chevilles qui enflent » quels que soient ses succès.

supplice de Tantale, un

L'impossibilité de consommer ce que l'on désire alors que c'est à portée de main.

Myth. Tantale, roi de Lydie, fils de Zeus et d'une Titane, mécontenta les dieux par un crime, différent selon les diverses versions du mythe. Selon l'une, il leur servit à manger son propre fils Pélops, pour voir s'ils étaient capables de deviner quelle viande ils mangeaient. Selon une autre, il vola l'ambroisie et le nectar, la nourriture réservée aux dieux, afin de la donner à ses amis ou aux hommes. Enfin, il passe pour avoir divulgué des secrets des dieux aux hommes. À titre de punition, il fut envoyé aux Enfers. Il fut placé au bord d'un lac et au milieu d'un verger merveilleux de poiriers, de grenadiers, de figuiers et d'autres arbres encore. Et pourtant, il ne pouvait ni boire ni manger... En effet, l'eau s'enfonçait sous terre quand il s'approchait du lac et les branches des arbres se soulevaient dès qu'il en approchait la main. Une autre version raconte qu'on avait déposé devant Tantale un somptueux repas, mais qu'il n'osait pas approcher, étant sous la menace d'un énorme rocher placé au-dessus de lui.

sybarite, un

Quelqu'un qui vit dans le luxe et les plaisirs raffinés.

Hist. Les Sybarites sont les habitants de Sybaris, une cité grecque fondée au VIIIe siècle av. J.-C. dans le sud de l'Italie. Ils avaient la réputation de vivre dans un luxe et un raffinement incroyables, déjà légendaires dans l'Antiquité, et de multiples anecdotes couraient sur eux. Ainsi, selon Athénée (*Le Banquet des sophistes*, XII, 15 et suiv.), ils portaient de coûteux vêtements teints de pourpre ou au safran et n'appréciaient que les mets les plus raffinés et les bons vins – les leurs étaient d'ailleurs très réputés. Ils affectionnaient les animaux familiers, petits chiens de Malte et singes importés d'Afrique, qu'ils promenaient partout avec eux ; ils avaient même dressé leurs chevaux à danser au son de la flûte au cours de leurs banquets. Ils étaient surtout partisans du moindre effort : ils parcouraient en trois jours la distance qu'un homme faisait normalement en une journée. Un jour un Sybarite raconta qu'il avait eu une hernie rien qu'en voyant un paysan creuser la terre ; et son interlocuteur de s'exclamer : « rien que de t'écouter, j'en ai mal »... Ancêtres des écologistes anti-bruit, ils avaient interdit dans leur ville les activités artisanales trop bruyantes, et même les coqs, pour pouvoir dormir tranquillement. Hélas, cette délicieuse et délicate vie de Sybarite eut une fin tragique. En 511 av. J.-C., la cité voisine de Crotone leur fit la guerre et Sybaris fut détruite. Mais les Anciens se souvinrent de cette cité opulente et en rajoutèrent beaucoup sur leurs mœurs.

T

talon d'Achille, le
Le point faible d'une personne.

Myth. Achille est un héros grec de la guerre de Troie, qui a inspiré de nombreux poètes depuis Homère. Il est le fruit de l'union d'un mortel, le roi Pelée, et d'une déesse de la mer, Thétis. Sa mère l'avait rendu invulnérable aux blessures mortelles en le plongeant dans le Styx (le fleuve des Enfers), ou, selon une autre légende, en l'enduisant d'ambroisie, mais elle négligea le talon par lequel elle tenait l'enfant. C'est au talon qu'il fut frappé par une flèche lancée par Pâris, le fils du roi de Troie Priam : Achille en mourut.

timeo Danaos et dona ferentes
Je crains les Danaens, même lorsqu'ils apportent des présents.

Myth. Ce vers de Virgile (*Énéide*, II, 49) sont les paroles prononcées par Laocoon, un prince troyen et prêtre d'Apollon, lorsqu'il voulut dissuader les Troyens de faire entrer le cheval de Troie* dans leurs murs, craignant un piège des Danaens (nom poétique des Grecs), à juste titre comme l'on sait. Le pauvre Laocoon « prêcha dans le désert » et fut immédiatement puni par le dieu Apollon qui le fit étouffer, avec ses fils, par deux serpents. La citation de Virgile signifie maintenant qu'il faut toujours se méfier du cadeau d'un ennemi : ça cache forcément quelque chose.

titanesque
Démesuré, colossal, gigantesque.

Myth. Enfants d'Ouranos (le Ciel) et de Gaia (la Terre), les Titans forment la génération des dieux qui précède celle des Olympiens. L'un d'entre eux, Cronos, avait la fâcheuse habitude de dévorer ses enfants. Zeus, fils de Cronos, ne dut la vie que grâce à sa mère Rhéa qui fit avaler une pierre au Titan au lieu de l'enfant. Zeus parvint plus tard à lui faire vomir ses frères et sœurs, les Olympiens. Il les mena ensuite au combat contre les Titans qu'ils vainquirent. Zeus enferma les Titans, qui sont des immortels, au fond du Tartare, aux Enfers. La victoire de Zeus symbolise celle de la ruse (*métis*) sur la force brutale. Ce combat mythique, la Titanomachie, avait duré dix ans et secoué la terre jusque dans ses tréfonds, d'où l'adjectif titanesque pour qualifier un combat entre des forces gigantesques ou une force qui dépasse le commun.

toile de Pénélope, une

Un ouvrage auquel on travaille sans relâche mais sans jamais le terminer.

Myth. Homère raconte dans l'*Odyssée* (II, 93 et suiv., XIX, 139 et suiv.) la ruse par laquelle Pénélope, l'épouse d'Ulysse, fit patienter les prétendants qui voulaient la presser de choisir un nouveau mari, la longue absence d'Ulysse pouvant laisser croire qu'il était mort. En effet, après les dix ans passés à la guerre de Troie, il avait encore erré pendant dix années. Mais Pénélope ne voulait pas croire à sa mort. Elle prétendit donc qu'elle ne pouvait pas se marier avant d'avoir tissé un linceul prévu pour Laërte, le père d'Ulysse. Elle fit donc installer un métier à tisser dans sa chambre : elle tissait le jour, mais la nuit tombée défaisait son ouvrage, afin de ne jamais l'achever. Le subterfuge fit merveille pendant trois ans... Mais la quatrième année, Pénélope fut dénoncée par une de ses servantes et dut terminer son travail. Heureusement pour elle, son mari Ulysse était arrivé secrètement à Ithaque : il tua les prétendants et se fit reconnaître de Pénélope, devenue depuis le modèle de la fidélité conjugale.

tonneau des Danaïdes, un

Une tâche interminable.

Myth. Les Danaïdes sont les cinquante filles du roi mythique Danaos, frère du roi Aegyptos, lui-même père de cinquante fils. Les deux frères se disputèrent le royaume d'Égypte. Danaos dut se réfugier à Argos, où les fils d'Aegyptos poursuivirent leurs cousines pour les épouser contre leur gré. Danaos leur céda en apparence, mais ordonna à ses filles de tuer leurs époux lors de leur nuit de noces : toutes obéirent, sauf une seule. Après leur mort, les quarante-neuf Danaïdes furent condamnées aux Enfers à remplir d'eau un tonneau percé, c'est-à-dire à un labeur aussi vain qu'interminable.

toucher le pactole
Gagner ou obtenir une énorme fortune.

Myth. Le Pactole est une rivière de l'Ouest de l'Asie Mineure connue pour ses sables aurifères et elle fit la richesse du fameux roi de Lydie, Crésus*. On racontait dans l'Antiquité que cet or venait du roi légendaire Midas. Celui-ci avait donné l'hospitalité à Silène qui s'était égaré. En récompense, Silène lui promit de réaliser un vœu : le roi souhaita transformer tout ce qu'il touchait en or. Ce qui fut bien le cas, mais vraiment de tout ce qu'il touchait, y compris la nourriture... Menacé de mourir de faim, il obtint d'être relevé de son vœu. Pour cela, il dut se laver dans le Pactole qui, depuis, charrie de l'or. Le pauvre Midas eut encore d'autres ennuis : ayant eu à juger un concours musical entre Apollon et Pan, il eut la malheureuse idée de prendre parti contre Apollon, pourtant le dieu de la musique. Le dieu, pour le punir, lui infligea des oreilles d'âne qu'il dut cacher sous un turban.

tous les chemins mènent à Rome
On peut arriver au même but par des chemins différents.

Hist. Cette locution proverbiale date du Moyen Âge chrétien et fait référence aux nombreux chemins de pèlerinage se dirigeant vers Rome, où se trouvent les tombeaux des apôtres Pierre et Paul. Toutefois, elle convient aussi très bien au formidable réseau de routes romaines de l'Antiquité, qui étaient censées toutes partir de Rome. Une borne, dite le « milliaire d'or » (l'unité de distance romaine étant le mille), fut élevée par Auguste en 20 av. J.-C. pour indiquer les principales distances entre Rome et les différentes villes de l'Empire. Cette borne se trouvait sur le *forum* romain, le centre de Rome, et Rome était alors le centre du monde.

trancher un nœud gordien
Résoudre de manière radicale un problème apparemment insoluble.

Hist. Le roi des Macédoniens, Alexandre le Grand, partit à l'assaut de l'immense Empire perse. Après une première victoire au Granique (334 av. J.-C.), il arriva à Gordion, une ville de Phrygie en Asie Mineure, qui avait été la capitale du roi légendaire Gordios et de son fils Midas. Gordios avait obtenu la royauté par une sorte de hasard miraculeux. En effet, un oracle venait d'annoncer qu'un char amènerait un roi pour mettre fin aux guerres civiles, quand Gordios, alors un simple paysan, arriva avec son char à bœuf et sa petite famille. Il fut aussitôt choisi comme roi par les Phrygiens et son char déposé dans l'acropole. Or le timon du char était attaché au joug par un nœud en bois de cornouiller : un autre oracle avait prédit que celui qui pourrait défaire le nœud régnerait sur toute l'Asie, mais il était tellement solide et inextricable que personne n'y était parvenu. Quand Alexandre arriva, il examina le nœud et, au lieu de chercher à le dénouer, le trancha d'un coup d'épée : il considéra ainsi que l'oracle s'appliquait à lui. Cette manière expéditive et décidée de résoudre un problème est restée célèbre. Elle n'étonnera pas ceux qui ne sont pas des marins habiles à faire ou défaire les nœuds et préfèrent donc utiliser les ciseaux.

travail d'Hercule, un
Une tâche presque démesurée réclamant une force surhumaine.

Myth. Bien qu'en français on ait retenu la forme latinisée d'« Hercule », au lieu du grec Héraclès, les mythes et légendes le concernant sont presque toutes d'origine grecque. Héraclès est un héros, fils de Zeus et d'une mortelle, Alcmène. Il se caractérise d'abord par sa force, herculéenne bien sûr. Tout bébé déjà, il avait pu étrangler de ses petites menottes deux serpents envoyés par Héra, l'épouse jalouse de Zeus. Il manifesta sa force, mais aussi son endurance, son courage et, parfois, sa ruse au cours des fameux douze travaux qui lui avaient été imposés par le roi Eurysthée de Tirynthe. Hercule devait en effet expier le meurtre, sous l'effet d'un coup de folie, de sa propre épouse Mégara. Ces travaux étaient tous d'une très grande difficulté. Il lui fallut tuer ou capturer des monstres ou des animaux fabuleux : le lion de Némée, l'hydre de Lerne, le sanglier d'Érymanthe, la biche de Cérynie, les oiseaux du lac Stymphale, le taureau de Crète, les chevaux de Diomède. Il dut aussi nettoyer les écuries du roi Augias* et accomplir des exploits aux confins du monde : ramener la ceinture de la reine des Amazones, les troupeaux de Géryon aux confins de l'Occident, les pommes du jardin des Hespérides et même aller chercher Cerbère aux Enfers. Mais en plus de tout cela, Hercule accomplit également un grand nombre d'autres travaux (aplanir des montagnes, ouvrir des chemins, assainir des marais...) qui en firent un bienfaiteur de l'humanité. Il mérita ainsi de devenir dieu. Un travail d'Hercule est toujours un exploit, réclamant de la force, ou du moins de la persévérance.

tu quoque, fili ?
Toi aussi, mon fils ?

Hist. C'est la version latine des seuls mots qu'aurait prononcés Jules César, en grec, au moment de mourir assassiné aux ides de mars 44 av. J.-C. Selon Suétone (*Le Divin Julius*, 82), César murmura : « *kai su, teknon* » (« toi aussi, mon enfant ? »), lorsqu'il reconnut Marcus Junius Brutus parmi les conjurés qui le lardaient de coups de poignard. Ce Brutus, un jeune noble romain, avait combattu César dans la guerre civile puis s'était finalement rallié à lui. César en avait une haute opinion et le fit nommer préteur en 44 av. J.-C. Mais Brutus, dont la famille descendait du légendaire Brutus qui avait chassé le roi de Rome en 509 av. J.-C., se rendit compte que César voulait garder tout le pouvoir et aspirait, sans doute, à la royauté. Il décida alors d'éliminer César afin, espérait-il, de rétablir la République et fut l'un des chefs de la conjuration. Or, Brutus était également le fils de Servilia, une noble dame romaine qui fut la maîtresse de César, et il se disait à Rome que César en était le père. C'est sans doute faux : l'affection que portait César à Brutus suffit à expliquer le mot « enfant » qu'il employa. Du reste Suétone ne fait que rapporter un fait dont il n'est lui-même pas sûr. Quoi qu'il en soit, le caractère dramatique de l'assassinat assimilé à un parricide fit le succès de ces trois mots. Shakespeare en tira parti dans son *Jules César* (III, I, 77) où il les traduisit par « *Et tu, Brute* » (même toi, Brutus). On utilise la citation, certes, dans des circonstances en général moins dramatiques, quand on veut manifester sa déception de voir l'un de ses proches se joindre à ses ennemis.

tunique de Nessus, une
Un cadeau empoisonné.

Myth. Les histoires d'amour finissent souvent mal, comme cela est arrivé au héros Hercule, selon les différents mythes concernant sa mort, dont les versions des *Trachiniennes* de Sophocle et des *Métamorphoses* d'Ovide sont les plus connues. Selon Ovide, lorsque le centaure Nessus voulut violer Déjanire, l'épouse d'Hercule, ce dernier le tua d'une flèche empoisonnée par le sang de l'hydre de Lerne qui se transmit ainsi au sang du centaure. Le centaure, avant de mourir, eut le temps d'offrir à la naïve Déjanire une tunique souillée de son propre sang qui, promettait-il, avait le pouvoir de ramener le cœur d'un époux volage. Quelques années plus tard, elle crut, à tort, qu'Hercule la trompait et, pour le ramener à elle, lui envoya en cadeau cette tunique qu'il revêtit. Par l'effet du poison qui l'imprégnait, elle le fit aussitôt souffrir atrocement en lui brûlant la peau, puis la chair et les os, sans qu'il puisse l'arracher. Pour échapper à ces douleurs, il préféra mourir et se fit brûler sur un bûcher funéraire. Cette mort injuste, ainsi que ses mérites, lui valurent d'être accepté par Jupiter dans l'Olympe et de devenir ainsi un immortel. La triste histoire de Déjanire et d'Hercule explique que l'on utilise aussi l'expression « revêtir sa tunique de Nessus » pour dire que l'on souffre mille morts causées, involontairement, par celui ou celle que l'on aime.

U

urbi et orbi
À la Ville et au Monde.

Hist. Quand le pape, notamment à Pâques et à Noël, fait sa bénédiction solennelle, il s'adresse d'abord à Rome (la Ville) dont il est l'évêque, et au Monde, en tant que chef de l'Église catholique, d'où le terme de « bénédiction *urbi et orbi* ». Cette formulation est un héritage direct de l'Antiquité romaine. Vers le temps d'Auguste, les Romains prirent conscience, ou plutôt se plurent à croire que la domination de Rome qu'ils désignaient eux-mêmes comme étant « la » Ville par excellence (*Urbis*) se confondait avec le Monde entier (*Orbis*, sous-entendu *terrarum* = le Monde entier). Le rapprochement entre les deux mots fut facilité par leur consonance. Ce n'est pas le seul emprunt que fit le pape à la Rome païenne, puisqu'il reprit à son profit le titre de « grand pontife » (*pontifex maximus*). Ce titre, porté par tous les empereurs, était celui du chef du principal collège de prêtres de Rome, celui des pontifes, ce qui en faisait le chef de la religion publique de Rome. D'une certaine manière, le pape est le successeur de l'empereur à Rome.

V

vae victis !
Malheur aux vaincus !

Hist. Sous la République, la ville de Rome ne fut prise qu'une seule fois par un ennemi extérieur : les Gaulois, en 390 av. J.-C. Ceux-ci venaient d'écraser l'armée romaine peu de temps auparavant. À cette humiliation de la défaite, s'en ajouta une autre : les Gaulois exigèrent un tribut de mille livres d'or pour se retirer de la ville. Au moment de les peser, selon Tite-Live qui nous raconte l'épisode (*Histoire de Rome*, V, 48, 8), le magistrat romain chargé du versement voulut refuser le poids fourni par les Gaulois, en les accusant de tromperie... Alors, le chef gaulois Brennus jeta dans la balance son épée pour y ajouter encore du poids en s'exclamant « *Vae victis* ! ». Le droit du plus fort l'emporte toujours... Les Romains l'appliqueront d'ailleurs sans vergogne par la suite.

vandale, un
Une personne qui détruit volontairement de belles choses.

Hist. L'adjectif vient du nom du peuple des Vandales qui, après avoir envahi l'Empire romain en 407, créèrent un puissant royaume en Afrique du Nord. Leur mauvaise réputation vient du pillage mémorable qu'ils firent à Rome en juin 455, sous la conduite de leur roi Genséric. Ce roi était venu à Rome pour punir l'assassinat de l'empereur Valentinien III, alors son allié. Le pape Léon III fit promettre à Genséric de ne mettre personne à mort, mais le roi autorisa ses soldats à piller la ville pendant quinze jours, récoltant ainsi un énorme butin. Contrairement au sens actuel de vandale et de vandalisme, ils ne détruisirent rien par hostilité contre l'art, mais il est vrai qu'ils ne respectaient rien : Procope de Césarée (*Histoire des guerres*, III, 5, 1-6) raconte ainsi qu'ils détachèrent la moitié du toit du temple de Jupiter Capitolin, dont les tuiles étaient faites de bronze doré à la feuille d'or... Ils avaient ainsi détruit l'un des monuments les plus prestigieux de Rome.

vénérien

Qui a un rapport avec l'amour physique ou les organes génitaux.

Myth. L'adjectif signifie ce qui a trait à Vénus, la déesse de l'amour et de la beauté, mais il s'applique surtout aux maladies dites « vénériennes », qui sont, parfois, les fâcheuses conséquences de l'amour. Vénus est ainsi moins bien lotie dans notre langage courant que son homologue grecque Aphrodite, qui, elle, a laissé son nom aux excitants des plaisirs, les aphrodisiaques*.

veni, vidi, vici

Je suis venu, j'ai vu, j'ai vaincu.

Hist. Par cette formule d'une grande concision, Jules César résuma dans un message sa victoire de Zéla, remportée le 2 août 47 av. J.-C. sur le roi du Pont Pharnace. Alors que les deux armées étaient face à face, Pharnace décida d'attaquer les Romains en train de bâtir leur camp : malgré l'effet de surprise et la supériorité en nombre de ses troupes, il fut vaincu à plates coutures, dut s'enfuir, et la guerre fut terminée. Les trois mots de César firent sa gloire autant que sa victoire et ils furent inscrits, selon Plutarque, sur une pancarte lors de la célébration de ses triomphes en 46. On emploie encore cette citation pour évoquer une situation difficile réglée en deux temps trois mouvements.

vénus, une

Une femme d'une grande beauté.

Myth., Hist. Vénus est la déesse romaine de la grâce qui charme invinciblement. On rapproche son nom de *venenum* qui signifie à la fois charme magique et... poison ! Vénus fut ensuite assimilée à l'Aphrodite des Grecs, déesse de la fécondité et de l'amour. Toutes deux avaient en commun de se distinguer par leur beauté qui subjugue ceux qui la voient, même s'il était fort dangereux pour un mortel de regarder une déesse : ainsi le devin Tirésias, ayant vu Aphrodite en train de se baigner, en fut aveuglé. Heureusement, il était nettement moins dangereux de contempler leurs images peintes ou sculptées par les artistes. Dans notre imaginaire, la beauté de Vénus est davantage celle de ces œuvres humaines que celle de la déesse, que l'on qualifie parfois de « callipyge », c'est-à-dire au beau postérieur...

victoire à la Pyrrhus, une

Une victoire remportée à un coût trop lourd.

Hist. Pyrrhus (319-272 av. J.-C.), nom latinisé de Pyrrhos, était un roi d'Épire et un cousin d'Alexandre. Il fut appelé au secours par la cité grecque de Tarente, située en Italie et menacée par les Romains. Débarqué en Italie, il remporta plusieurs victoires sur les Romains, mais avec de si lourdes pertes, qu'elles ne furent pas décisives. Ainsi, il passa pour avoir été vainqueur à la bataille d'Asculum qui dura deux jours en 279 av. J.-C., puisque les Romains prirent la fuite quand il lança ses éléphants de guerre. Mais les pertes, dont le nombre varie selon les sources, furent considérables de chaque côté : peut-être 6 500 du côté des Romains et 3 500 du côté de Pyrrhus. Selon Plutarque (*Vie de Pyrrhos*, 21, 14), voyant l'étendue de ses pertes le roi aurait alors répondu à l'un de ses proches qui le félicitait de la victoire : « Si nous remportons encore une [telle] victoire sur les Romains, nous serons complètement perdus. » Ce mot célèbre est sans doute à l'origine de l'expression, qui signifie qu'une victoire remportée avec de trop lourdes pertes n'est pas loin d'être une défaite.

vivre à la spartiate

Vivre dans l'inconfort, d'une manière austère (comme un Spartiate).

Hist. Le prestige de Sparte fut considérable dans l'Antiquité dès le VIIe siècle et s'accrut encore après leur victoire sur Athènes à la suite de la longue guerre du Péloponnèse (431-404 av. J.-C.). On attribuait leurs succès militaires notamment à leur système d'éducation et à l'austérité de leurs mœurs. À partir de 7 ans révolus, les enfants étaient enlevés à leur famille et éduqués sous le contrôle de l'État, pour faire d'eux des guerriers d'élite. Dressés à l'endurance et à l'obéissance, ils avaient la tête rasée, étaient mal vêtus, marchaient pieds nus et couchaient sur de simples paillasses. Mal nourris, ils devaient voler leur nourriture pour vivre et, s'ils étaient pris en flagrant délit, ils subissaient des punitions corporelles très dures, sans mot dire bien sûr. Cette dureté se relâchait tout de même un peu pour les jeunes gens puis les adultes qui devaient être en bonne forme physique pour faire les exercices militaires. Quoi qu'il en soit, les mœurs spartiates étaient devenues légendaires, à l'extrême opposé des non moins légendaires mœurs des Sybarites*. On raconte d'ailleurs qu'un Sybarite, venu à Sparte, fut invité à l'un de leurs repas pris en commun. Déjà surpris de devoir manger sur un banc de bois, il fut épouvanté par la nourriture au point de dire : « J'étais jusque-là admiratif de la réputation de courage des Spartiates ; mais maintenant que je les ai vus, je dois dire qu'ils n'ont rien d'extraordinaire. Car même le plus lâche des hommes préférerait se tuer, plutôt que supporter ce genre de vie ! » (d'après Athénée, *Le Banquet*, XII, 15). Il voulait dire qu'un homme courageux devrait préférer la mort à une nourriture aussi infecte. Qu'avaient-ils donc servi ? Leur fameux brouet noir, obligatoire au menu de ces repas pris en commun. En voici la recette : viande et sang de porc accommodés au sel et au vinaigre. De nos jours, vivre à la spartiate, c'est vivre dans un confort rudimentaire, occasionnel ou non.

voix de stentor, une
Une voix forte et retentissante.

Myth. Stentor est l'un des guerriers grecs de la guerre de Troie. Homère (*Iliade*) nous dit qu'il avait « une voix de bronze, aussi forte que celle de cinquante hommes réunis », ce qui poussa Héra à prendre son apparence et sa voix pour s'adresser aux Grecs. Une légende raconte qu'il osa défier par vanité Hermès, le héraut des dieux, et qu'il succomba dans cette lutte vocale.

vouer aux gémonies
Condamner quelqu'un ; le maudire.

Hist. Les Gémonies (nom féminin pluriel) sont à Rome les « escaliers des gémissements » (*gemoniae scalae*). Ces escaliers montaient du *forum* vers le sommet de la citadelle du Capitole et longeaient la prison publique. Les cadavres de certains condamnés à mort y étaient exposés, en particulier lors des guerres civiles, avant d'être jetés dans le Tibre. Il s'agissait ainsi de priver les condamnés de sépulture et de les expulser totalement de la cité, comme des maudits, ce qui était considéré par les Romains comme plus grave que la mort elle-même. Aujourd'hui, en français, l'expression a perdu un peu de sa force et ne signifie souvent qu'« accabler quelqu'un de reproches » et ne va plus jusqu'au vœu de voir son cadavre exposé...

Quelques mots transposés du latin

a contrario : *Lat.* Au contraire. *Fr.* loc. adv. Raisonnement *a contrario* : qui, à partir d'une hypothèse, aboutit à une solution opposée.

a fortiori : *Lat.* À plus forte raison. *Fr.* loc. adv. Raisonnement *a fortiori* : qui part du moins évident vers le plus évident.

a posteriori : *Lat.* En partant de ce qui vient après. *Fr.* loc. adv. En partant des données de l'expérience.

a priori : *Lat.* En partant de ce qui vient avant. *Fr.* loc. adv. En partant de données antérieures à l'expérience.

a silentio : *Lat.* Par le silence. *Fr.* loc. adv. Argument tiré de l'omission d'un fait par l'interlocuteur.

ad hoc : *Lat.* À cet effet. *Fr.* loc. adj. Expert dans le domaine ; ou : spécialement réservé à cet usage.

ad hominem : *Lat.* Contre l'homme. *Fr.* loc. adj. Argument *ad hominem* : qui attaque la personne à laquelle on s'adresse, au lieu d'attaquer ses idées.

ad libitum : *Lat.* Selon son plaisir. *Fr.* loc. adv. Au choix.

ad patres : *Lat.* Vers les ancêtres. *Fr.* loc. adv. Aller *ad patres* : mourir ; envoyer *ad patres* : tuer.

ad vitam aeternam : *Lat.* Pour la vie éternelle. *Fr.* loc. adv. Pour toujours.

addenda : *Lat.* Choses qui doivent être ajoutées. *Fr.* n. m. Ajouts ou notes à la fin d'un ouvrage.

agenda : *Lat.* Choses qui doivent être faites. *Fr.* n. m. Carnet sur lequel on note ce que l'on a à faire jour par jour.

album : *Lat.* Tableau blanchi au plâtre où étaient exposés des avis officiels. *Fr.* n. m. Cahier destiné à recevoir des dessins, des photos, ou : recueil imprimé d'illustrations.

aléa : *Lat.* Jeu de dés, hasard. *Fr.* n. m. Hasard, ou : risque indéterminé.

alias : *Lat.* À un autre moment, autrement. *Fr.* adv. Autrement appelé (de tel autre nom), ou : ailleurs.

alibi : *Lat.* Ailleurs. *Fr.* n. m. Moyen de défense tiré du fait qu'on se trouvait, au moment d'une infraction, dans un autre lieu. Ou : circonstance permettant de se disculper.

Alma Mater : *Lat.* La mère nourricière. *Fr.* Expr. lat. Désigne la nature, la patrie, l'université, ou tout bienfaiteur.

alter ego : *Lat.* Un autre moi-même. *Fr.* n. m. inv. Personne de confiance que l'on charge d'agir en son nom.

animal : *Lat.* Être vivant. *Fr.* n. m. Être vivant organisé.

aquarium : *Lat.* Réservoir d'eau, abreuvoir. *Fr.* n. m. Récipient à parois vitrées pour y abriter des poissons.

auditorium : *Lat.* Lieu de rassemblement pour écouter des poètes. *Fr.* n. m. Salle aménagée pour l'audition de conférences ou de concerts.

aura : *Lat.* Souffle léger, brise. *Fr.* n. f. Principe subtil d'une substance. Ou : atmosphère qui semble entourer un être.

bis : *Lat.* Deux fois. *Fr.* adv. / n. m. Une seconde fois ; encore une fois.

bonus : *Lat.* Bon. *Fr.* n. m. inv. Gratification accordée par une entreprise à un employé. Ou : système d'assurance automobile, où la prime est fonction des sinistres.

campus : *Lat.* Plaine, vaste espace. *Fr.* n. m. inv. Ensemble universitaire édifié au milieu d'espaces verts.

cancer : *Lat.* Crabe, écrevisse, constellation du Cancer. *Fr.* n. m. Constellation en forme de crabe. Signe du zodiaque. Tumeur maligne due à la multiplication anarchique des cellules. Ce qui ronge, détruit.

casus belli : *Lat.* Cas de guerre. *Fr.* n. m. inv. Acte de nature à motiver une déclaration de guerre.

colombarium : *Lat.* Colombier. *Fr.* n. m. Bâtiment qui contient des urnes funéraires.

consensus : *Lat.* Accord. *Fr.* n. m. inv. Accord de plusieurs personnes dans un certain domaine.

consortium : *Lat.* Participation, communauté. *Fr.* n. m. Groupement d'entreprises en vue d'une opération économique.

constat : *Lat.* Il est certain. *Fr.* n. m. Procès-verbal dressé sur ordre de justice pour constater un fait.

consul : *Lat.* Magistrat supérieur romain. *Fr.* n. m. Agent diplomatique dans un pays étranger.

continuum : *Lat.* continu, joint. *Fr.* n. m. Espace qui n'est pas interrompu.

corpus : *Lat.* Corps (humain) ; ensemble. *Fr.* n. m. inv. Recueil réunissant la totalité des documents concernant un domaine.

credo : *Lat.* Je crois. *Fr.* n. m. inv. Profession de foi chrétienne. Principe sur lequel on fonde son opinion ou sa conduite.

cumulus : *Lat.* Amas, tas. *Fr.* n. m. inv. Gros nuage arrondi de couleur blanche. Réservoir d'eau chaude.

curriculum vitae : *Lat.* Déroulement, cours de la vie. *Fr.* n. m. inv. Ensemble d'indications concernant l'état civil, les diplômes et l'expérience professionnelle d'une personne.

cursus : *Lat.* Cours, course. *Fr.* n. m. inv. Le cours des études ou d'une carrière dans une matière.

de facto : *Lat.* De fait, dans les faits. *Fr.* loc. adv. De fait (par opposition à *De jure*).

de visu : *Lat.* De vue. *Fr.* loc. adv. Après l'avoir vu.

desiderata : *Lat.* Choses désirées. *Fr.* n. m. Souhaits, revendications.

distinguo : *Lat.* Je distingue. *Fr.* n. m. inv. Action d'énoncer une distinction dans une argumentation.

ego : *Lat.* Moi, je. *Fr.* n. m. inv. Le sujet pensant, le moi.

errata : *Lat.* Choses sur lesquelles on s'est trompé. *Fr.* n. m. (pluriel) Liste des fautes qui se sont glissées dans l'impression d'un ouvrage.

et caetera : *Lat.* Et toutes les autres choses. *Fr.* loc. adv. Et ainsi de suite.

ex abrupto : *Lat.* De manière brusque. *Fr.* loc. adv. Brusquement.

ex æquo : *Lat.* À égalité. *Fr.* loc. adv. À égalité.

ex cathedra : *Lat.* Du haut de la chaire. *Fr.* loc. adv. En vertu de l'autorité que l'on tient de son titre. Ou : D'un ton dogmatique.

ex nihilo : *Lat.* De rien. *Fr.* loc. adv. À partir de rien.

ex-voto : *Lat.* (*suscepto*) Conformément au vœu fait. *Fr.* n. m. inv. Plaque avec une formule de reconnaissance en accomplissement d'un vœu.

examen : *Lat.* Aiguille de la balance, action de peser. *Fr.* n. m. Action d'examiner avec attention. Ou : série d'épreuves destinée à évaluer les aptitudes d'une personne.

excursus : *Lat.* Excursion, irruption, digression. *Fr.* n. m. inv. Digression à l'occasion du commentaire d'un passage d'un auteur ancien.

exeat : *Lat.* Qu'il sorte. *Fr.* n. m. inv. Permission de sortie.

exit : *Lat.* Il sort. *Fr.* v. Indication de la disparition de quelqu'un ou quelque chose.

extra muros : *Lat.* Hors les murs. *Fr.* adv. et adj. En dehors de l'enceinte d'une ville.

fac-similé : *Lat.* Fais une chose semblable. *Fr.* n. m. Reproduction exacte d'un écrit ou d'un dessin.

folio : *Lat.* Feuille. *Fr.* n. m. Feuillet d'un manuscrit.

forum : *Lat.* Place publique. *Fr.* n. m. Colloque, symposium.

gratis : *Lat.* Gratuitement. *Fr.* adv. et adj. Sans contrepartie pécuniaire.

hic et nunc : *Lat.* Ici et maintenant. *Fr.* loc. adv. Sur-le-champ.

idem : *Lat.* La même chose. *Fr.* adv. Le même.

illico : *Lat.* Sur la place, sur-le-champ. *Fr.* adv. Immédiatement.

impedimenta : *Lat.* Empêchements, bagages encombrants. *Fr.* n. m. Ce qui entrave une activité.

in articulo mortis : *Lat.* Au moment critique de la mort. *Fr.* loc. adv. À l'article de la mort.

in extenso : *Lat.* Dans toute son étendue. *Fr.* loc. adv. D'un bout à l'autre.

in extremis : *Lat.* À la dernière extrémité. *Fr.* loc. adv. Au tout dernier moment.

in fine : *Lat.* À la fin. *Fr.* loc. adv. Finalement.

in situ : *Lat.* Dans le site, dans la situation. *Fr.* loc. adv. Dans son cadre naturel ou normal.

index : *Lat.* Qui indique, liste. *Fr.* n. m. inv. Doigt de la main. Table alphabétique à la fin d'un ouvrage.

intra muros : *Lat.* En dedans des murs. *Fr.* loc. adv. À l'intérieur de la ville.

ipso facto : *Lat.* Par le fait même. *Fr.* loc. adv. Par voie de conséquence.

junior : *Lat.* Plus jeune. *Fr.* n. m. Le fils par rapport au père ou le frère cadet par rapport au frère aîné.

lapsus : *Lat.* Action de trébucher, erreur. *Fr.* n. m. inv. Faute que l'on commet involontairement en parlant ou en écrivant.

lavabo : *Lat.* Je laverai. *Fr.* n. m. Appareil sanitaire destiné à la toilette.

libido : *Lat.* Envie, désir, caprice. *Fr.* n. f. inv. Recherche instinctive du plaisir.

magnum : *Lat.* Une grande chose. *Fr.* n. m. Grosse bouteille, généralement de champagne.

major : *Lat.* Plus grand. *Fr.* n. m. Supérieur. Candidat reçu premier au concours d'une grande école.

manu militari : *Lat.* Par la force militaire. *Fr.* loc. adv. Avec le concours de la force armée.

maximum : *Lat.* Le plus grand. *Fr.* n. m. Limite supérieure.

mea culpa : *Lat.* Par ma faute. *Fr.* n. m. inv. Aveu d'une faute commise.

mémento : *Lat.* Souviens-toi. *Fr.* n. m. Carnet où l'on inscrit les choses à ne pas oublier. Ouvrage où sont consignées les notions élémentaires d'une science.

minimum : *Lat.* Le plus petit. *Fr.* n. m. Plus petit nombre, plus petite quantité.

minus : *Lat.* Ayant moins d'intelligence que la moyenne. *Fr.* n. m. inv. Personne incapable ou peu intelligente.

modus vivendi : *Lat.* Manière de vivre. *Fr.* n. m. inv. Accommodement dans le but de se supporter mutuellement. Mode de vie.

mordicus : *Lat.* En mordant. *Fr.* adv. Obstinément.

mutatis mutandis : *Lat.* En changeant ce qui doit être changé. *Fr.* loc. adv. En changeant ce qui doit changer pour rendre la comparaison possible.

nolens volens : *Lat.* Ne voulant pas, voulant. *Fr.* loc. adv. Bon gré, mal gré.

nota bene : *Lat.* Note, note bien. *Fr.* loc. adv. Note, observation, remarque.

numerus clausus : *Lat.* Nombre fermé. *Fr.* n. m. inv. Limitation discriminatoire du nombre des personnes admises à certaines fonctions ou certains examens.

omnibus : *Lat.* Pour tous. *Fr.* n. m. inv. Qui dessert toutes les gares.

pater familias : *Lat.* Père de famille. *Fr.* n. m. inv. Père autoritaire.

pensum : *Lat.* Poids de laine que l'esclave devait filer, tâche quotidienne. *Fr.* n. m. Travail ennuyeux, corvée.

persona grata : *Lat.* Personne bienvenue. *Fr.* loc. lat. Personne autorisée.

post mortem : *Lat.* Après la mort. *Fr.* loc. adv. Consécutif à la mort.

post-scriptum : *Lat.* Après ce qui a été écrit. *Fr.* n. m. inv. Complément ajouté au bas d'une lettre.

primo : *Lat.* Au commencement. *Fr.* adv. En premier lieu.

primus inter pares : *Lat.* Le premier entre ses pairs. *Fr.* n. m. inv. Personne qui est à la fois le collègue et le supérieur de ses égaux.

processus : *Lat.* Progrès, progression. *Fr.* n. m. inv. Suite de faits présentant une certaine régularité dans leur déroulement.

quasi : *Lat.* En quelque sorte, pour ainsi dire. *Fr.* adv. Presque.

quidam : *Lat.* Un certain homme. *Fr.* n. m. inv. Personne dont on ignore le nom.

quiproquo : *Lat.* Du latin : *quid pro quo*, un quoi pour un ce que. *Fr.* n. m. Erreur qui consiste à prendre une personne ou une chose pour une autre.

quorum : *Lat.* Desquels. *Fr.* n. m. Nombre minimum de personnes requis pour valider les décisions d'une assemblée.

recto : *Lat.* Abréviation de *recto folio* : sur le feuillet qui est à l'endroit. *Fr.* n. m. inv. Endroit d'un feuillet. Dans un livre ouvert, la page de droite.

requiem : *Lat.* Repos. *Fr.* n. m. Prière pour les morts.

satisfecit : *Lat.* Il a satisfait. *Fr.* n. m. Attestation de réussite donnée par un maître à un élève.

senior : *Lat.* Plus vieux. *Fr.* n. m. Quelqu'un qui appartient au « troisième âge ».

sic : *Lat.* Ainsi. *Fr.* adv. Se met à la suite d'une citation pour souligner le fait que l'on cite exactement.

sine die : *Lat.* Sans jour. *Fr.* adv. Sans fixer de date.

statu quo (ante) : *Lat.* dans l'état où les choses étaient auparavant. *Fr.* n. m. inv. Dans l'état actuel des choses.

summum : *Lat.* Sommet, point le plus élevé. *Fr.* n. m. Le plus haut point, le plus haut degré.

tabula rasa : *Lat.* Tablette de cire vierge, table rase. *Fr.* loc. lat. État de l'esprit vierge, avant toute représentation.

terminus : *Lat.* Limite, borne. *Fr.* n. m. inv. Dernière gare d'une ligne de transport collectif.

tribunal : *Lat.* Estrade où siègent les magistrats, tribune.

Fr. n. m. Juridiction d'un ou plusieurs magistrats. Lieu où siège cette juridiction.

vade-mecum : *Lat.* Viens avec moi. *Fr.* n. m. inv. Ce que l'on porte d'habitude avec soi. Livre contenant les principaux éléments d'une science, d'un art.

verso : *Lat. Folio verso* : sur le feuillet qui est à l'envers. *Fr.* n. m. inv. Revers d'un feuillet.

veto : *Lat.* J'interdis. *Fr.* n. m. Opposition catégorique.

via : *Lat.* Par le chemin, par la voie. *Fr.* prép. En passant par.

vice versa : *Lat.* La place étant tournée, inversement. *Fr.* adv. Réciproquement, inversement.

villa : *Lat.* Ferme, maison de campagne. *Fr.* n. f. Maison moderne agrémentée d'un jardin.

virago : *Lat.* Femme robuste. *Fr.* n. f. inv. Femme autoritaire.

virus : *Lat.* Suc, venin, poison. *Fr.* n. m. inv. Micro-organisme infectieux.

visa : *Lat.* Choses vues. *Fr.* n. m. Formule exigée pour entrer dans certains pays.

vivarium : *Lat.* Parc à gibier, vivier. *Fr.* n. m. Établissement où l'on garde de petits animaux vivants.

vivat : *Lat.* Qu'il vive. *Fr.* n. m. Applaudissement.

Index des principaux noms propres

Achille, 64, 71.
Adonis, 7, 8.
Alexandre le Grand, 53, 56, 74, 80.
Amalthée, 33.
Amphitryon, 10.
Apelle, 53.
Aphrodite, 9, 10, 28, 31, 38, 50, 60, 79, 80.
Apollon, 11, 22, 42, 45, 51, 58, 64, 71, 73.
Archimède, 34.
Aréopage, 11, 12.
Argus, 15.
Ariane, 35, 36.
Athéna, 17, 21, 33, 60, 68.
Atlas, 13, 14.
Augias, 52, 75.
Auguste (Octave), 7, 19, 20, 46, 47, 63, 73, 77.
Aventin, 65.

Bacchus, 16.
Bellérophon, 21, 29.
Béotien, 17.
Brutus, 75, 76.

Caligula, 55, 56.
Capitole, 40, 82.
Capoue, 25, 26, 38.
Carthage, 24, 25.
Cassandre, 42.
Caton l'Ancien, 24, 25.
Cerbère, 19, 75.
César, 8, 14, 19, 20, 32, 35, 37, 46, 52, 55, 59, 60, 63, 64, 75, 79.
Charybde, 8, 9, 20.
Chimère, 5, 21, 29.
Cicéron, 29, 38, 55, 59, 60, 62.
Cléopâtre, 5, 52, 53, 54.
Crésus, 5, 65, 73.
Cythère, 10, 28.

Damoclès, 29, 30.
Danaens, 71.
Danaïdes, 72, 73.
Dédale, 24, 35.
Démosthène, 59.
Diogène, 23, 56.
Dionysos, 16, 19, 67, 68.
Dracon, 27.

Égérie, 28.
Épicure, 30, 31.
Éros, 10, 31.

Fortune, 14, 64, 66.
Fourches caudines, 58, 59.
Freud, 21.
Furies, 37, 38, 47.

Gémonies, 81.
Gordios, 74.

Hannibal, 25, 26, 38.
Harpies, 38.
Hercule (ou Héraklès), 14, 19, 51, 52, 74, 75, 76.
Hermaphrodite, 38, 39.
Hermès, 15, 17, 33, 38, 81.
Hippocrate, 13.
Homère, 9, 20, 21, 37, 42, 49, 56, 64, 71, 72, 81.

Horace, 5, 9, 17, 19, 26, 31, 46, 49, 50, 51, 53, 54.

Jupiter (ou Zeus), 10, 34, 40, 58, 68, 69, 76, 79.
Juvénal, 47, 48, 57.

Laconie, 43.
La Fontaine, 49, 50, 61.
Laocoon, 21, 71.
Lares, 63, 65.
Lesbos, 9.
Lucullus, 48, 64.

Marc Antoine, 52, 54, 59.
Mausole, 46.
Mécène, 46, 47.
Méduse, 33.
Mégère, 47.
mentor, 47.
Messaline, 48.
Métis, 68.
Midas, 73, 74.
Mithridate, 49, 64.
Molière, 10.
Morphée, 5, 32, 33.

Narcisse, 50.
Nessus, 76.

Œdipe, 21, 22.
Ovide, 14, 76.

Pactole, 65, 73.
Pan, 58, 73.
Pandore, 17, 18, 62.
Pâris, 60, 71.
Parques, 36.
Parthes, 36.
Pascal, 52, 53.
Pégase, 5, 21, 29.
Pénates, 63.
Pénélope, 72.
Philippe de Macédoine, 26, 59.
Philippe II, 59.
Pirée, 61.
Platon, 9, 10, 22, 31, 41.
Plaute, 10, 39.
Pline l'Ancien, 7, 10, 41, 53, 61, 64.
Plutarque, 35, 43, 52, 60, 64, 79, 80.
Procuste, 43, 44.
Prométhée, 17, 61, 62.
Psyché, 18.
Pyrrhus, 80.

Roche Tarpéienne, 40.
Rome, 24, 25, 28, 29, 35, 37, 38, 40, 46, 48, 57, 58, 59, 60, 61, 65, 66, 73, 77, 78, 81.
Rubicon, 8, 36, 37.

Sapho, 9.
Satyres, 67.
Scylla, 8, 9, 20.
Sénèque, 13, 32.
Serenus Sammonicus, 7.
Sibylle, 58.
Sirènes, 20.
Sisyphe, 29, 65, 66.
Sparte, 43, 80, 81.
Stace, 45.
Stentor, 81.
Suétone, 7, 12, 14, 55, 63, 75.
Sybarites, 70, 81.

Tantale, 69, 70.
Tarpéia, 40.
Térence, 51.
Titans, 13, 49, 61, 71, 72.
Tite-Live, 28, 78.
Troie, 20, 21, 42, 60, 64, 71, 72, 81.

Ulysse, 9, 20, 47, 56, 72.

Vandales, 78.
Végèce, 67.
Vénus, 31, 79, 80.
Vespasien, 12.
Virgile, 14, 20, 24, 45, 46, 71.

Bibliographie

Ainsi, *acta est fabula*... Si ces récits vous ont donné l'eau à la bouche, nous vous invitons à aller aux auteurs anciens. Faites un détour par La Fontaine, si vous voulez, mais n'hésitez pas à lire les sources des récits mythologiques ou historiques. L'*Iliade* et l'*Odyssée* d'Homère, la *Théogonie* et *Les Travaux et les Jours* d'Hésiode, les œuvres des tragiques grecs (Eschyle, Sophocle, Euripide), les *Fables* d'Ésope, l'*Énéide* de Virgile, l'*Histoire romaine* de Tite-Live, les œuvres d'Horace, les *Métamorphoses* d'Ovide, un choix de textes de l'*Histoire naturelle* de Pline l'Ancien et les *Vies parallèles* de Plutarque, tous disponibles dans des éditions de poche très accessibles.

De nombreux dictionnaires, historiques ou littéraires, sont à la disposition des curieux qui veulent approfondir leurs connaissances :

Dictionnaire des antiquités grecques et romaines d'après les textes et les monuments (dir. Ch. Daremberg et E. Saglio), Hachette, 1873-1929. C'est l'un des rares monuments de l'érudition française qui n'a jamais été remplacé. Il est consultable, en libre accès, par Internet, sur le site de l'université de Toulouse : http ://dagr.univ-tlse2.fr/sdx/dagr/index.xsp

Dictionnaire des mythologies et des religions des sociétés traditionnelles et du monde antique (dir. Y. Bonnefoy), Flammarion, 2 vol., 1981

Dictionnaire de l'Antiquité (dir. J. Leclant), PUF, 2005

Dictionnaire de l'Antiquité. Mythologie, littérature et civilisation (dir. M. C. Howatson), Robert Laffont, 1993 (trad. française), collection « Bouquins »

Dictionnaire culturel de la mythologie gréco-romaine (dir. R. Martin), Nathan, 1993
Dictionnaire de la mythologie grecque et romaine (P. Grimal), PUF, 1951 et rééd.

Enfin il existe une collection de petits dictionnaires commodes, publiés par Belin :

LESAY (J. D.), *Les Personnages devenus mots*, Belin, 2004
PAPIN (Y. D.), *Trésors des expressions bibliques et mythologiques*, Belin, 1989
WEIL (S.) et RAMEAU (L.), *Trésors des expressions françaises*, Belin, 1981
WOLFF (E.), *Les Mots latins du français*, Belin, 1993

Achevé d'imprimer en Italie par Grafica Veneta
en novembre 2017
Dépôt légal avril 2014
EAN 9782290088784
OTP L21ELLN000613B003

—

Ce texte est composé en Lemonde journal et en Akkurat

—

Conception des principes de mise en page :
mecano, Laurent Batard

—

Composition : PCA

—

ÉDITIONS J'AI LU
87, quai Panhard-et-Levassor, 75013 Paris
Diffusion France et étranger : Flammarion

Librio
757